春琴抄

Tanizaki Junichiro

［日］谷崎润一郎 著

廖雯雯 译

四川人民出版社

图书在版编目（CIP）数据

春琴抄 / (日) 谷崎润一郎著 ; 廖雯雯译. -- 成都:
四川人民出版社, 2023.8
ISBN 978-7-220-13398-5

Ⅰ.①春… Ⅱ.①谷…②廖… Ⅲ.①长篇小说—日
本—现代 Ⅳ.①I313.45

中国国家版本馆CIP数据核字（2023）第141996号

CHUN QIN CHAO

春 琴 抄

［日］谷崎润一郎　著　廖雯雯　译

责任编辑	张东升
封面设计	李其飞
版式设计	张迪茗
责任校对	舒晓利
责任印制	周　奇

出版发行	四川人民出版社（成都市三色路238号）
网　　址	http://www.scpph.com
E-mail	scrmcbs@sina.com
新浪微博	@四川人民出版社
微信公众号	四川人民出版社
发行部业务电话	（028）86361653　86361656
防盗版举报电话	（028）86361653
照　　排	四川胜翔数码印务设计有限公司
印　　刷	四川五洲彩印有限责任公司
成品尺寸	145mm×208mm
印　　张	6
字　　数	108千
版　　次	2023年8月第1版
印　　次	2023年8月第1次印刷
书　　号	ISBN 978-7-220-13398-5
定　　价	42.00元

译者序

　　去年深秋，为着濑户内海边、日本JR铁道予赞线上的一座小小无人车站，我去了一趟四国。

　　到香川县高松市的第二日即搭乘琴平电气铁道前往琴平。一个多小时后，人已置身直通象头山山腰金刀比罗宫本宫的785级石阶上。是日阵雨，大朵深深浅浅的灰色云块疾速移动，搬来四字八方的肃杀秋意。石阶是从宫外的金比罗街道便开始向上延伸，不远处的荞麦面店静静立在丸龟市街一侧，雕栏画柱，似是劈开叠叠旧时光跋涉至此，就这么长长久久地留下，周身只余故事，黝黑得如同占据着几百年的暮色，偏有半面雪白墙壁突兀地耸于瓦顶下方，上书"虎屋"，字迹狂放，且斑驳且淋漓。长风浩浩，一盏行灯伴着两片灿黄暖帘窈窕地垂于屋檐。我毫不犹豫地走进去，点了当地有名的乌冬面来吃。由于已过午饭时间，宽敞的厅堂里客人只有我一个。所有角落全部细节，皆被一种幽暗的沉甸甸的寂静操控，包括我打量的目光。

我觉得好看，便盯着它们许久，又似乎没有那么久。我想，被禁锢在这里的时空必然需要这种光线的薄暗来担负，否则怎么安放那些朴素梁柱上的"森凉鬼气"呢？

后面几天，我在镰仓。

明月院。夏日梅雨时节，这里能观赏一庭绣球花。曾在清晨忽如其来的大雨中，踩踏一地浅蓝淡紫的花影，执意辨认山门前参道旁的两行"姬绣球"如何用清泠泠的雨滴点亮暗淡的草木阴影。此刻已是秋天，离本堂稍远的洗手间外，绿荫如许，缀以红叶零星，为茶室障子、石灯笼、红伞、青苔衬出几笔滂沱艳色，而地上竟铺了薄薄一片龙胆花。

原本有些浮躁的心，顷刻惊了一跳，然后，不可思议地，它沉了下来。

好像仅此一方天地，让万事万物把残缺都弃掉了，在光与影的明暗交织里，无我，无老死尽，无挂碍忧怖，唯独"美"本身恒长存在。

果然，后来翻译本书时，见谷崎润一郎写道：

　　我所爱的仍是屋檐深深、结构纵长、临街而立的旅馆。进入玄关口的土间，穿过横梁，正面是宽敞的扶梯，站在二楼凭栏远眺，市町人家尽收眼底——而且旅馆格局要尽可能大气敞亮，譬如古市的油屋，或者琴平的虎屋。

——《旅行种种》

值得一提的是关东地方的厕所，地板嵌有便于扫除垃圾的细长窗子，从屋檐或绿叶上滴落的碎雨洗净石灯笼的底座，沾湿了踏石边的绿苔，潜入泥土润物细无声，似又噪起天地间的幽微之音近在耳畔。这里宜虫鸣，宜鸟啼，宜月夜，更宜四季物哀之美的吟诵，或许古时那些俳句歌人便是从此处获得无数题材。

——《阴翳礼赞》

这样我就想起了上面两处场景，同时想起了在金泽探访过的泉镜花旧居，想起了在直岛为之目眩神迷的安藤忠雄"地中美术馆"。无论哪一处，都离不开幽玄与幽暗的打底，是日本人对光影的执拗把握，成全了它们的绝妙。并且我以为，谷崎润一郎试图借文字永久叩问、挽留并耽溺的，正是此种幽玄幽暗铺陈的日本昔时之美，当中染着七分感官、两分颓靡，以及剩下一分的凄艳。

谷崎润一郎，日本小说家、剧作家、随笔家。1886年出生于东京都日本桥人形町的一个资产阶级家庭，少年时代家道中落。他的书读得相当好，不独散文与汉诗，便是别的科目在年级也名列前茅。1910年，发表小说《刺青》、戏曲《诞生》，正式登入文坛。

有意思的是在蜚声文学界后，令他陷入世间舆论旋涡的偏是以他与当时的妻子石川千代，以及作家佐藤春夫三人为主要当事人的"小田原事件"。1915年，谷崎润一郎与艺伎石川千代结婚，婚后对千代的情谊倏然冷却。因着思慕千代的姐姐——艺伎初子未果，谷崎转而对千代的小妹静子一见倾心。1919年，谷崎携妻女移居神奈川县小田原市，基于对妻女的责任，他不想贸然离婚，希望在分道扬镳之前为她寻好归宿，便拜托友人、文坛新进作家佐藤春夫照顾千代母女，并有意无意间撮合千代与佐藤。佐藤因此频繁出入谷崎家，也果真与千代产生了感情。不想这桩"让妻"的奇思妙想实行得并不顺利，关键原因是静子拒绝和谷崎在一起。谷崎神伤，竟然对佐藤提出要求，大意是"请你当此事从未发生过"。佐藤愤慨至极，与谷崎绝交长达五年之久，还为千代写出那首有名的《秋刀鱼之歌》，直至1926年才与谷崎"一笑泯恩仇"。1930年，谷崎与千代正式离婚，佐藤娶千代为妻，三人联名发表声明，此为在文学界引起轰动的"细君让渡事件"。

谷崎之一生，未必忠诚于婚姻，却忠诚于"女性与爱"。《刺青》（1910年）、《痴人之爱》（1924年）、《卍》（1928—1930年）、《吉野葛》（1931年）、《春琴抄》

（1933年）、《细雪》（1943—1948年）、《疯癫老人日记》（1961年）等作品，皆是谷崎围绕这一主题创作的名篇。

从明治到昭和，将"女性与爱"摹写出无限哀思、婉转情致的文人，往前数有泉镜花，后面一点的我认为是川端康成与谷崎润一郎。泉镜花的小说、戏剧连同他的人，似终生埋身幻境，一面写着消失于水月镜花的爱情，一面谛观尘世，近妖而远仙。从前往后，没有一个人能如他这般以灵性而非情欲地诠释"大正浪漫"。川端康成的《雪国》《古都》《千羽鹤》固然冷艳，同其纪行随笔相比，不免流露精雕细琢的用力感；而他写伊豆之美，犹如月下花灯，一唱三叹，流风回雪，其间淡雅伤逝的韵致，甚至在《古都》里也没有。然而到谷崎润一郎这处，只觉蓦然闯进尘世最静默的一隅，有江户风情的静好女子拖着锦重重的裙裾，手持明灭烛火，隐约勾勒出泥金绘漆器阴郁的轮廓。这时窗外路过些微风声及虫鸣，分明是都会寻常之境，却总幽暗不似在人间。无论小说还是随笔，他均以相类手法主动捭除了向外延伸的可能性，把原本瞄准社会外在属性的点与线，倏忽向内收敛、发酵、酿造，以"秘术"浓缩为一滴醇浓的酒露。于是，属于尘世的肉体与杀伐，欲望与臣服，皆被提纯为观念境界里动荡的美幻。

至美至幻。一如《春琴抄》。

1933年12月，《春琴抄》由创元社首次刊行，上市不久即宣告售罄。1934年1月加印，紧随其后的是将其搬上舞台的一系列戏剧改编工作。同年12月《新版春琴抄》由创元社刊行，至今为止更被多次改编为电影、电视剧及舞台剧。故事实则很简单，讲的是自乡野老家来到大阪的商铺做学徒的男子佐助，爱上了主家美貌聪慧的目盲女儿春琴。在同她相处的那段并不漫长的岁月，他放弃了作为普通男子几乎可以放弃的全部，转而为她牵手引路，照顾起居，随她修习三味线。后来她容颜被毁，他旋即自残双目，几乎未有迟疑，甚至固执地认为，抹杀掉此端这张不再是"她"的容颜，存留于记忆中的"她"的形象便能在彼端的观念境界抵达永恒。在她面前，尘世的所有皆要退后，及至受、想、行、识，最终都幻化为通往观念境界中唯一之"她"的途径。她就在那里，她始终无缺，从无任何人、事、物可以损毁这种完整性和唯一性。

　　一场情劫造得离奇果决，比如要不要去爱，怎样去爱，爱多久，他一项一项拣选答案，拂开雨雾霭霭，扯碎光明供奉于祭坛之上，竟是顺畅得无比浑然天成。情之深度不可探试，比鲜血明誓更为郑重、惨烈。他飞身扑入无光的永劫挽歌，过程中却也没有纠结，没有胆怯。我们爱一个人，从未至此。从前以为是爱太令人惊惧，颠倒错乱，莫可形容，但其实并不。比爱更险峻的是欲念。欲念唯偏执者所持有，不惜以身殉劫，在造境的终焉迎来一声萤火般确切的呜咽（是的，它正是T.S.艾略特在《空心人》诗中所言的那声世界终结时的呜咽）。由此看来，这段故事讲的是爱，又不只是爱，其中还有欲念，还有劫，以及对欲念和劫的敬畏。

怕是深藏了一线佛性。

谷崎润一郎小说里对官能描写的沉溺，对女性肉体的崇拜，对"爱"之一字嗜虐性的给予、被虐性的承接，可由佐助这个角色窥得绚烂的一斑。时至今日，大和民族依然好好守护着这则传统，要论举重若轻般表达某种克制的扭曲之爱，除却日本作家，不作他想。

《春琴抄》之外，本书选译的另外三篇随笔《阴翳礼赞》（1933年）、《旅行种种》（1935年）、《厌客》（1948年）曾集结收录于1955年由角川株式会社刊行的随笔集《阴翳礼赞》，其后亦收录于1975年由中央公论社刊行的随笔集《阴翳礼赞》。

其中，《阴翳礼赞》于1933年12月发表在杂志《经济往来》，历来被视为谷崎润一郎的文艺随笔之代表，集中阐释、展列了他的核心美学思想。

我喜欢的某位民国文人曾说，有一件东西，它是对的，它是好的，只因为它是这样的。

类似的观点，与川端康成交好的画家东山魁夷曾用他的风景画絮絮追索，而谷崎润一郎也在《阴翳礼赞》里，凭着一支生花妙笔细致描摹，像是全情对待一幅钟爱的工笔仕女图。谷崎润一郎对"阴翳"[a]之美做了种种详尽论述，举凡建筑之风雅、漆器之华绮，乃至能乐、歌舞伎舞台的幽暗、东西洋气质的差异，追根溯源后，往往了悟姹紫嫣红皆是虚像，日光之下，并无用处，唯黑白灰是一切色，能研磨风流的骨髓，缔造冥想的阴翳，还原物我本质，抵达真理。

《旅行种种》于1935年8月在《经济往来》发表；《厌客》于1948年7月执笔，10月发表在《文学的世界》。两篇随笔短小精悍，文笔活泼，尤其《旅行种种》，谈笑风生间写尽谷崎在日本列岛旅行途中领悟的千层意趣，好比将沿途山河换了经年陈酿，待醉后轻轻转身，抬头便见一树幽明的吉野樱，花衣似空蝉，牵引旧思。

即便在二战后日本文学里，谷崎润一郎也是个异数。周遭文人或物伤其类，或口诛笔伐，唯独他的文字始终不闻剑气和枪声。有时他又像一位巫者，把诸事万般都归拢炼化，"三味线""人形净琉璃""能乐""歌舞伎""谣曲""地呗""和歌"——他将要说的能说的都留给这些日本传统之

---

① 阴翳：指物与光相互作用，形成的阴影或明暗区分。

美，虔诚得胜过跋山涉水去探寻一个隔世的爱人。我想他是连苦闷都不要理会了，也不欲披着盔甲去抨击什么，他自有一处花好月圆。

谷崎润一郎行文至为任性，喜好长句，修辞循回往复，如《春琴抄》的日文原文，仅在不同章节处做必要的分行处理，通篇以成分繁丽的长句织就，更将标点符号的使用频率降至最低，须读者自行句读，带有明显的实验性质。面对偏爱的事物，时常不厌其烦加以描述，百折千回处委婉逢迎、倾情叩拜，颇有几分耽溺于美的意思在里头，读时如对住满目繁花，旖旎从风，顿挫之间都是清冽的妖冶。

1965年，谷崎润一郎因病离世，墓碑主体有一醒目的"寂"字，据说是他生前亲手所书。

翻译本书的过程，力求维系作者瑰玮文笔之万一，故而几多困顿，无须赘述。而引诱我步步深入迷途不知归返的，也便是他对于尘世诸境终生诡秘地亲历与书写。

感谢每一位读者的阅读，感谢我的编辑为本书出版，陪我一道潜入文字的"阴翳"幻境。

廖雯雯

2018年3月

春琴抄

春琴，本名鵙屋琴，出生于大阪道修町药材商之家，卒于明治十九年①十月十四日，墓冢设在市内下寺町净土宗的一座寺院里。前几日，我碰巧从那处路过，想去拜谒一下她的墓冢，便顺道步入寺院请求指引。寺院杂役说："鵙屋家的墓地位于此处。"说罢，便领着我往本堂②后方走去。举目四望，只见一丛山茶树的树荫下，并排立着数块鵙屋家历代的墓碑，附近却没有类似琴女之墓的墓冢。我对寺院杂役说："从前鵙屋家当是有个女儿的，请问她的墓地在哪里呢？"寺院杂役听后，思索片刻道："如此说来，那边有一座墓冢，或许是她的也未可

---

① 明治十九年：公元1886年。

② 本堂：寺院的正殿。

3

知。"便又带我走上东侧呈陡峭坡道之势的台阶。众所周知，下寺町东侧后方耸立着生国魂神社①所在的高台，眼下这条陡峭的坡道便是从寺内延伸向高台的斜坡，此处是大阪市内难得一见的绿意葱茏之所，而琴女的墓冢便建在斜坡中腹一小块填平的空地上。墓碑正面刻着法号"光誉春琴惠照禅定尼"，背面刻着"俗名鵙屋琴，号春琴，明治十九年十月十四日殁，享年五十八岁"一行字，侧面则刻有"门生温井佐助建之"的字样。琴女虽姓鵙屋，但由于终其一生与"门生"温井检校②过着事实上的夫妻生活，所以死后只得在鵙屋家墓地之外另辟他处作为墓冢吧。据寺院杂役说，鵙屋家日渐没落，近年来族中极少有人到此扫墓，便是来了也几乎不去琴女的墓冢拜祭，这大概是他们并不视琴女为鵙屋家人的缘故。"这么说来，这座墓冢岂不成了无人打理的'无缘冢'③？"我说。"倒也并非无人打理。有位老太太住在荻茶屋一带，约莫七十岁，每年都要来拜祭一两回。她每回会先拜祭这座墓冢，然后你看，这里还有一座略小的墓冢吧。"他指着琴女墓左侧的另一座墓冢道，"拜祭完后，一定会给这边的墓冢上香供花。诵经钱也是那位

---

① 生国魂神社：位于大阪市天王寺区生玉町的神社。

② 检校：室町时代为保护盲人职业"当道"（演奏平家琵琶曲的盲人艺能者）而制定的盲人官位，总检校之下依次是检校、勾当、座头。

③ 无缘冢：无亲友吊祭的坟墓。

老太太留下的。"我走到寺院杂役所指的小墓冢前一看，墓碑大约只有琴女墓碑的一半大小，正面刻着"真誉琴台正道信士"，背面刻有"俗名温井佐助，号琴台，鹎屋春琴门生，明治四十年①十月十四日殁，享年八十三岁"。这便是温井检校的墓冢了。住在荻茶屋的那位老太太，在后文中还会提到，此处暂且不表。只是这座墓冢不仅比春琴的墓冢矮小，而且墓碑上写明是春琴的门生，可见检校死后依旧恪守师徒之礼的遗志。此时夕阳荡荡穿射，恰在墓碑上投下茜色的影子，我伫立在山丘上，眺望着脚下宽广无垠的大阪市景。想来这一带自古便是难波津②的丘陵地带，面西的高台从此处一直延伸到天王寺③的方向。不过，如今花木草叶皆遭煤烟所染，了无生气，枯木参天却是一身尘埃，不免令人感觉大煞风景。当年这些墓冢建造完成的时候，许是一片绿意苍苍，葳蕤葱郁的景象，且就如今的市内墓地而言，应数这一带最为幽静的，是视野开阔的好去处。师徒二人一生为奇异的因缘所困，永眠于此，在夕阳的薄霭下，俯视着这座东洋第一大工业都市与矗立其中的无数高楼

---

① 明治四十年：公元1907年。

② 难波津：位于大阪湾的古代港津，濑户内海航路的据点。具体位置至今仍存争议，大致位于现大阪市中央区附近。

③ 天王寺：大阪市中部区名，境内有四天王寺史迹、天王寺公园等。一说为四天王寺的略称。

大厦。然而，今日的大阪早已改换旧颜，再难寻觅昔日检校在世时的光景，唯有这两块墓碑，仿佛仍在交换着师徒二人不曾淡去的契约。原本温井检校家信奉日莲宗，除检校之外，温井一家的墓冢均位于检校的故乡江州日野町的一座寺院内，不想检校竟是弃了祖辈世代的信仰，改信净土宗，即便化作墓石，亦不愿离开春琴女身畔，这完全是出于殉情之意。据说春琴女在世时，他们便早早商定好师徒的法号、两块墓碑的位置以及平衡搭配等事宜。据目测估量，春琴女的墓碑高约六尺，而检校的墓碑大约不足四尺。两块墓碑并立于石板铺就的低矮土台上。春琴女墓冢右侧种了一株青松，舒展着绿意森森的枝叶，屋顶般笼罩于墓碑之上。而在她左侧两三尺远处，叶影抵达不了的地方，检校的墓冢鞠躬一般侍坐在旁。观此情状，似不难想象检校生前恭诚地侍奉师父、如影随形的扈从模样。恰好石亦有灵，今日依旧徜徉于往昔的幸福。我跪在春琴女墓前，恭敬地拜祭过后，伸手放于检校的墓碑上，抚摸着石碑顶部，又在山丘上垂首徘徊，直至夕阳彻底坠入市街的彼方。

近日，我手中得了一本叫作《鵜屋春琴传》①的小册子，

① 后文出现的《春琴传》皆为《鵜屋春琴传》，作者原文如此。为尊重作者，故译文未作修改。

这便是我晓得春琴女的由来。这本册子使用生漉和纸①，以四号字体活版印刷，大概三十页。我推测应是春琴女三周年忌日时，由她的弟子检校委托别人为师父编撰了传记并分送给相关人士的吧。至于内容，则以散文体撰成，提到检校时虽用第三人称，不过恐怕所记内容皆由检校口头讲述，想来这一点是毋庸置疑的，因此将这本书的真正作者视为检校本人亦不为过。

按传记所载："春琴一家世代称鹏屋安左卫门，居于大阪道修町，经营药材生意，至春琴父亲一辈已是第七代。母亲茂女出身京都麸屋町迹部氏，嫁入安左卫门家，育有二子四女。春琴乃其次女，生于文政十二年②五月二十四日。"又曰："春琴自幼聪颖，更兼容姿端丽高雅，世间无出其右者。四岁左右开始习舞，举措进退之法自备一格，举手投足间艳异非凡，舞伎亦比之不及，引得师父频频称许，又低声感叹，此女惹人怜爱，凭其资质当可期待日后名满天下，只是生为良家之女，却不知是幸抑或不幸了。又早早涉猎读书习字之道，进步神速，凌驾于两位兄长之上。"上述记载倘若全是出自检校之口，而他仰慕春琴如神祇，真不知该相信多少才好，不过，说她天生容姿

---

①　生漉和纸：和纸是日本以独特的传统手法制成的纸的总称。纸质较薄，富有韧性，吸水性强。生漉是单纯使用楮、三桠（黄瑞香）、雁皮进行抄纸的手法。生漉和纸即以此种手法制成的和纸。

②　文政十二年：公元1829年。

"端丽高雅"，确是有各种事实作为佐证。当时女子普遍身材娇小，据说她身高也不足五尺，脸庞小小，手足十分纤细。她在三十七岁那年所摄的照片流传至今，按照片来看，那张轮廓端肃的瓜子脸上，眉目柔和，鼻梁小巧秀挺，无一不似以可贵的技巧一点一点提捏而成，仿佛下一刻便欲消失无踪。不过到底是拍摄于明治初年或庆应①前后的照片，有些位置已现出零星斑点，淡静似久远往昔的记忆，因此才令整张照片呈现那样的效果。透过这张成像朦胧的照片，除却依稀可辨认的来自大阪富裕商家的妇人气质，那张面孔给人的印象极为淡薄，似是其间全无个性闪烁，纵使它那样美艳。而它的主人，看上去如同二十七八岁的年轻女子，却是实实在在三十七岁了。此时的春琴女，双目失明已逾二十年，然而与其说是失明，不如说她只是轻轻敛着双眸。昔日佐藤春夫②曾说，聋者看上去尤其愚蠢，而盲人却似才德兼备的贤者。只因失聪之人为听清旁人言语，或是皱眉睁大双眼，或是咧嘴歪着脖颈仰起头，看上去总有些蠢钝；盲人则安静端坐，微微俯首，形如瞑目沉思，又似思虑甚深的模样。我不知这种猜想是否合乎一般常理，不过有一点，佛陀菩萨的双眸，即"慈悲之眼俯瞰众生"的那双慈眸总

---

　　① 庆应：江户末期日本年号，指1865年4月7日到1868年9月8日，处于元治之后、明治之前。

　　② 佐藤春夫（1892—1964年）：日本诗人、小说家。

是半闭着，看得惯了，我们会觉得那比睁开的双眸更显慈悲或尊贵，有时甚或对它怀抱敬畏之心。由此看来，春琴女闭着的眼睑将她衬得格外温柔，仿若膜拜古老绘像里的观世音所感知的那种似有若无的慈悲。听闻春琴女的照片只此一张，许是在她的幼年时代，照相技术尚未传入日本，又或者拍摄这张照片后不久碰巧发生了别的什么事故，那以后她便再不肯拍照。若要在脑海中勾勒她的风姿，除却凭借这张影像朦胧的照片，别无他法。作为读者，看完上述说明或许很难想象她的容颜，心中浮现的亦是女子那不得圆满又模糊难辨的面孔，可即使我们亲眼目睹了照片，也并不能够将她记认得更加清晰一些，甚至照片本身比我们的假想更隐晦于虚无。想来她留下这张照片的那一年，也即是春琴女三十七岁时，检校亦随之变成盲人，这张影像便最是接近他在这世间所见的她最后的模样。于是那留存在检校晚年记忆中的女子形象，模糊且褪色，与照片中映出的一般无二。或许他正是以假想缝补那些渐次淡白的记忆，而在他做着这一切的时日里，在他的假想中，她已被塑造成一个与他的记忆截然不同的尊贵女子。

《春琴传》继续写道："双亲视琴女如掌上明珠，独宠此女，远胜其余兄妹五人。琴女九岁时不幸罹患眼疾，不久终致双目失明。父母悲伤不已，母亲怜惜女儿之不幸，怨天尤人，一时状若疯狂。春琴从此断念舞技，潜心修习三味线①，有志于丝竹之道。"至于春琴罹患的是何种眼疾，众人并不清楚，传记中也未详加记载。日后检校对人说这真是木秀于林，风必摧之。只因师父的容貌与技艺比寻常人更加优秀，故而一生之中竟然两次为人嫉恨。师父命途乖蹇，完全是拜这两次灾劫所赐。倘若将这番话与传记所载联系起来思考，便会感觉其间似乎确有隐情。检校又说师父患的是风眼。春琴女自幼娇惯，性子中确有骄矜傲慢之处，然而她言行举止都与人亲近，对待下人亦体贴入微，性情活泼爽然，与他人及兄妹相处和睦，一家人都喜欢同她在一处。听说只有她小妹的乳母认为父母偏心，颇为不忿，背地里嫉恨琴女。众所周知，风眼是花柳病的病菌侵入眼黏膜所致。按照检校的意思，或许暗讽这是乳母利用某种手段害得琴女失明。然而，检校是因证据确凿如此推测，还是纯凭猜想做出假设，却是不甚明了。后面几年，按春琴女的暴烈脾性来看，已经能够推测上述事实对她的性格造成了莫大影响。除却这桩旧事，检校在别的方面也哀叹春琴女的不幸，不知不觉间有过伤害诅咒他人的倾向。故而对他所说的不能轻易全信，就乳母那桩事，恐怕亦不过他个人的揣摩臆测。总

---

① 三味线：即三弦琴，日本代表性的传统弦乐器。人形净琉璃、歌舞伎等古典艺术表演多使用三味线伴奏。

之，这里我不敢妄加揣测，因此不问缘由，只是如实记录她九岁失明的事实即可。传记于是曰："从此断念舞技，潜心修习三味线，有志于丝竹之道。"这便是说，春琴女之所以将心思暗暗倾注于音曲琴乐，恰是失明所致。听闻她也常对检校絮絮诉说心事，说自己真正的天分在于舞蹈，那些人夸赞她古琴与三味线弹得好，实在是因为他们对她这个人一点也不了解。倘若眼睛还看得见，自己是绝对不会走音曲这条路的。她的这些话，听起来似有一半都在表达即使在根本就不擅长的音曲方面，自己也能成就如此造诣，足可见得她的倨傲。不过，这些话是否经过检校的一番修饰也是不大好说的，至少有这么一种可能：检校对她一时任情、有感而发的话语感佩于心，为了衬托她高贵的形象，才刻意赋予那些话语如此重大的意义。上文提及的那位居住在荻茶屋的老太太，名叫鸭泽照，是生田流的勾当①，晚年的春琴女和温井检校便是由她亲自照料起居。据她说，师父（春琴）的舞跳得非常好，从五六岁起便师从春松检校，学习古琴与三味线，此后一直勤加练习，因此并非在失明之后才涉猎音曲的。按当时的习俗，良家的女儿皆自小便开始学习音曲、茶道等才艺。她在十岁时已能记住难度颇大的乐曲

---

① 生田流的勾当：生田流是日本筝曲的流派，由盲人音乐家生田检校（1656—1715年）创立。勾当是盲人官名，处于总检校、检校之下。

《残月》^①，并能以三味线独奏。由此看来，她于音曲一道上有着与生俱来的才华，庸常之辈即便想要模仿也是难以如愿。失明之后，因她并无别的乐趣，索性更加深入地研磨此道，投入了无尽心血。这一说法大抵可信，事实上打从开始她的才华便显露在音乐层面，至于在舞蹈方面究竟能抵达何种程度，却是令人怀疑的。

虽说春琴将全副心神投注于音曲之道，然则因着她的身份，其实并不需要为生计担忧，所以大约她从未打算把弹奏音曲作为自己谋生的职业。至于后来她做上琴曲师父，自立门户，那是其他原因所致。便是端着"琴曲师父"这个身份，她亦没有以此维持生计。每月道修町的本家会送来大笔金钱，琴曲收入便显得微不足道，然而仅仅靠着这些，仍旧没法支撑她奢侈挥霍的生活。她学习音曲，起先并没有特别为将来考虑，仅是出于纯粹的喜好而努力研磨技艺。由于天赋异禀，加上热心钻研，传记上所载"十五岁时，春琴琴艺大进，出类拔萃，同门弟子中竟无一人实力能与之比肩"，恐怕也均属事实。鸭泽勾当说："师父常常自豪地回忆道，'春松检校传授琴技非常严

---

① 《残月》：大阪的峰崎勾当所作的地呗名曲，地呗是江户时代初期以来，以京阪地方为中心盛行的三味线曲的总称，多与琴曲相结合。

苛，而我从未记得有接受过他的斥责，反倒是赢得他褒奖的时候比较多。我每次前去，他必定亲自教导，态度亲切又温和，以至于我根本就不晓得大家惧怕师父' 。她没有尝过修行的艰辛，能成就那样高的造诣，或许是天分使然。"春琴既然是鵙屋家的千金小姐，无论多么严格的老师，也不会像训练真正想要成为艺人的孩子那般对她酷烈以待，总要留几分情面，给予些许照拂。再有，那到底是位生于殷实之家，却不幸成为盲人的可怜少女，对于她，检校师父多少会存些呵护的感情。不管怎么说，这位检校师父甚为爱惜并倾慕她的才华。他对春琴身体的关心程度远胜过对自己的孩子，倘使春琴偶染微恙缺席未至，他会立即遣人前往道修町，或是亲自拄杖登门探望。自从春琴成为他的弟子，他便以此为豪，时常向人夸耀。在众多内行门生聚集的场合，他曾说，"你们要以鵙屋家可依朵桑的琴艺为榜样"（大阪将"小姐"称为"依朵桑"或"朵桑"。在两人以姐妹相称的情况下，为示区别，又将妹妹称为"可依朵桑"或"可依桑"①，至今犹然。大约因为春松检校也对春琴的姐姐有过琴曲方面的入门指导，与鵙屋家走得亲近，才那样称呼春琴吧），还说"你们很快便须自食其力，技艺却不如一位

---

① "依朵桑""朵桑""可依朵桑""可依桑"皆为日本关西地方对良家女儿的称呼，为便于区分，采用音译。

没什么经验的可依朵桑，难道不会为自己忧虑么"。当有人责难他对春琴过于偏袒的时候，他说，"你可知为师之道，授艺越是严格，便越显对弟子的关怀。我从未对那孩子加以苛责，说明对她的关怀还不足够。那孩子对琴曲体悟聪慧，似天生便是此道中人，即使放任不管，亦能去到她该去的程度。倘若认真教导培养，必将后生可畏。你们这些以琴曲为本职的弟子恐怕就要大伤脑筋了。何况对于这样一位养在富足之家、生计无忧的小姑娘，实在无须那般用心指导，反倒是对生性驽钝的弟子才应多花心思教教，使他们独当一面。你们如此埋怨，可谓丝毫没能体会我的用心啊"。

春松检校的家位于靭町，距离道修町的鵙屋家店铺约有十丁①远。春琴每天由店里的丁稚学徒②牵着手前去练琴。这位学徒在当时是名小小少年，名为佐助，即是日后的温井检校。他与春琴的因缘便是由此而生。如前文所述，佐助出生于江州日野町，家里也是经营药材铺的。他的父亲和祖父在实地学习期间曾来到大阪，在鵙屋家的药材铺做丁稚奉公。于佐助而言，鵙屋家是他历代的主家。他年长春琴四岁，十三岁起初次到鵙

---

① 丁：丁即町，尺贯法(日本的传统计量方法)长度单位，1町约等于109米。

② 丁稚学徒：又称丁稚奉公，一般在十岁左右开始寄宿在商家或职人师父家见习，为主家帮佣的同时，跟随主家学习经商之道或职人技艺。

屋家做学徒，算来那年春琴刚好九岁，也即是她失明的那一年。当佐助来到鵙屋家时，春琴已经永远闭上了那双美丽的眸子。佐助一次也没有看见过春琴明眸生辉的模样，对于这件事，他直至晚年亦从无后悔，反倒感觉幸福。因为倘使见过失明之前春琴的面容，大约便会觉得她失明后的容颜不够完美，万幸他早在开始便认为这样的春琴没有一点不足之处，容貌最是无缺。今日大阪的上流家庭争相将宅第移至郊外，小姐们也都偏爱运动，呼吸野外的空气感受日光，是以那些长养在深闺的佳人小姐正渐渐退出人们的视线。虽说如此，现如今居住于都会的孩子，大多仍旧体格纤弱，脸色苍白，肤色与在山野间长大的少年少女很不相同，说得好听些，是优雅有品格；说得难听些，便是病容恹恹。这种情况非大阪所独有，而是都会的共性。不过，由于江户女子崇尚稍黑的肤色，所以总体不如京阪地方的女子那样苍白。至于长养在大阪旧式家庭的少爷，虽说是男子，却像戏文里登场的少主人一般纤柔文弱，骨架细小，直到三十岁左右脸色才开始变得红润，脂肪堆积，身材忽然发福，带着富裕绅士般的威严。在此之前，他们与女子没什么不同，脸色苍白，着装喜好亦有柔弱之风。而那些生于旧幕府时代富庶商人之家的女儿，养在并不十分卫生的闺阁深处，笼居一室绝少外出，那种剔透苍白的肤色与纤柔细弱的模样不晓得有多吸引人，映在乡野少年佐助的眼中，分明是妖

15

异称丽的却又何其柔艳。当时，春琴的姐姐十二岁，其下的妹妹六岁，对初次来到城里的少年佐助而言，不论哪一个都是乡野间实难邂逅的少女，尤其是盲女春琴，她周身那种不可思议的气韵令他一见倾心。他甚至觉得春琴敛着的双眸比她的姐妹们睁开的眼睛更加明亮美好，这张面孔原该以此种模样呈现，好似万物都妥帖，好似本来便如此。春琴是四姐妹中容姿最得世人称赞的一个，倘若此言非虚，其中恐怕多少含着几分大家对她不幸遭遇的怜惜，而到了佐助这里却不然。后来，大家都说佐助会爱上春琴，不过是出于怜悯，佐助深感厌恶，委实不曾料到有人抱持这样的观点看待自己。他说："我看到师父的容颜，一次都没有觉得她可怜或是令人同情。与师父相比，那些目明之人其实甚为可悲。师父那样的容姿和气度，何须他人怜悯？对于那些反过来同情我、说'佐助啊，你真是可怜人呢'的人，我倒是觉得他们除了眼鼻俱全，其余的不及师父之万一，而我们这种人不才是真正的残缺吗？"不过，这些都是后话。佐助最初应是将热烈燃烧的崇拜之念深藏在心底，虔诚又谨慎地服侍春琴，并无恋爱的自觉。即使有那么些许自觉，也因对方不仅是烂漫无邪的"可依朵桑"，又是历代主家的小姐，自己能被委任为小姐的贴身侍从，日日和她走在同一条路上，对他而言已是莫大的慰藉，不敢奢望更多。一个初来乍到的小学徒竟被委以重任，为主家珍视的小姐牵手引路，这似乎有些难以理解。其实开始的时候并非只有佐助，也有女侍随行，或是别的小伙计、童子相陪，人员各样，并不固定。有一回春琴说"我想要佐助陪着"，于是佐助的职责便这样定了下来。那时佐助已满十四岁，为此他感到无上的光荣，每天握着春琴的小手，行过十丁的路程前去春松检校家，等到她练琴结束，再牵着她的手返回家里。途中春琴很少说话，而只要小姐不主动搭腔，佐助便也默默走着，小心翼翼地牵住她，注意不犯任何错误。有人问春琴："为什么可依朵桑喜欢佐助陪着呢？"她便回答对方："因为他比别人都要老实，不说多余的话。"前文已经讲过，春琴原本十分招人喜爱，待人接物亦是谦和婉转，但自从双目失明后，性情极难取悦，郁郁寡欢，少以晴明的声调说话，也难得一笑，总是寡淡无言。也许她钟意的便是佐助言语间绝无废话，只郑重其事地竭诚侍奉，从不为自己带来麻烦（佐助说他并不希望看到春琴的笑颜，大约因为盲人笑起来的时候，模样总显得有些痴傻、令人同情，而对于此，佐助在情感上实难忍受）。

春琴说佐助"不说多余的话"，从不为自己带来麻烦，深究起来，这是她真心所想吗？还是说即便当时的她只是个小姑娘，却已能朦胧感受到佐助对自己憧憬倾慕的一念，而在心底兀自欢喜呢？或许人们觉得十岁的少女断不至于产生这样的想法，但春琴敏慧早熟，加之失明，第六感神经被打磨得异常敏锐，因此觉得她有这种想法未必就是旁人无凭无据的臆测。春琴心气高傲，哪怕后来意识到自己的那片恋慕之意，也不愿轻易将心中所思坦诚相告，甚至很长一段时间都没有回应佐助。

尽管此处多少有些疑点在，然而最初在春琴心里，似乎并没有佐助此人的一分影子，至少佐助是这么看待的。牵手引路时，佐助总是将左手伸至春琴肩膀的高度，手心向上，以便春琴将右手搭上去。对春琴而言，佐助这名少年不过等同于一只手掌，偶尔需要他做什么的时候，她便用手势或皱眉来指示，有时也形如猜谜般自言自语地咕哝，却从不清楚明白地表达自己的意思。要是佐助大意，没有察觉，她便立刻沉了脸色，因此佐助不得不时刻保持紧张，不漏过春琴的任何一处面部表情与动作，这种感觉就像他正被她考验着自己对她的关注度一样。春琴本是任性妄为的大小姐脾性，加上盲人特有的刁难心理，自然不会给予佐助片刻疏忽大意的机会。有一次在春松检校家里等待轮到春琴接受指导的时间里，忽然没了她的身影，佐助大惊失色，慌忙在周围寻找，原来不知什么时候春琴已自己摸去了厕所。平日她要小解的时候，佐助一旦察觉她默不作声地走出去，便会立即追上前，牵着她的手走到厕所门口，然后守在外面，待她出来便从水盆里舀水为她洗手。今日佐助稍一恍神，她便自己摸去厕所。佐助匆匆跑来，颤抖着声音道："实在对不起，小姐。"这时，她刚从厕所出来，正欲伸手取过水盆边的水勺洗手，闻言只是一边摇头一边道："不用了。"可这时候，即便听到她说"不用了"，佐助也不能老老实实地回答"是吗"然后退下，因为那样一来事情就会变得更加糟糕。便是硬抢，佐助也得把水勺从春琴手中拿过来，舀水给她洗手。这才是伺候春琴的诀窍。又有一次，某个夏日的午后，也是在等候她接受指导的时候，佐助恭谨小心地候在春琴身后，只听她自言自语地道："好热。"佐助试着讨好般附和道："是的，很热呢。"可春琴没有回应，过了一会儿，她又说："好热。"这时佐助才恍然大悟地拿起事先备好的扇子，从背后给她扇风。这样她便感觉有些满意，只要他动作稍微懈怠，扇得慢了，她又会对他道："好热。"春琴的固执任性便是如此，但这态度只在她面对佐助时十分明显，对待其他用人又是另一副模样。这原是她性情使然，又因佐助极力逢迎，所以唯独面对佐助时她的态度会变得相当极端。她觉得佐助使唤起来最方便，究其原因便在于此。佐助并不觉得侍奉春琴是件困难的事，反而对此甘之如饴，视春琴那种刻意的刁难为她向自己撒娇，并将之解读成她对自己的恩宠。

春松检校教授弟子练琴的房间在里屋的二楼，因此每当轮到春琴接受指导时，佐助便牵着她走上扶梯，服侍她在检校对面坐好，把古琴或三味线摆放到她面前，然后自己退去候客室，等她练琴结束，再前去迎接。等候的时候他亦未敢有片刻松懈，总是竖耳倾听，想着一旦小姐练琴结束，不等召唤，自己便能立刻起身前往迎接。如此一来，春琴所习的音曲自然就会流入他的耳朵，也是这个缘故，培养出了佐助对音乐的兴趣。后来佐助之所以成为第一流的大师，诚然是因为他具备音曲方面的天赋，但倘若没有得到侍奉春琴的机会，或者没有怀抱期望同她心神合一的热烈爱情，恐怕这一生他也只是一位从鹓屋分得一角暖帘、得以开设分店的庸碌无为的药材商人罢了。后来他双目失明，位居检校，却依旧常说自己的琴技远不及春琴，能走到今日的境地，完全得益于师父的启发指导。佐助将春琴捧到九天之高，而他自己则恭谦后退百步甚至两百步，因此他对春琴的相关评价，诸君不可照单全收。且不论他二人的琴技谁优谁劣，有一点毋庸置疑，便是春琴确于音曲一道天赋异禀，而佐助则凭借后天勤奋努力钻研。为了悄悄买一把三味线，他从十四岁那年岁暮开始，就将主家偶尔发给的津贴以及外出办事时得到的赏钱存了起来，到翌年夏天，好不容易凑钱买回一把劣质的三味线。为避免被大掌柜发现后遭到训斥，他将琴棹①和琴身拆开，分别悄悄带回天棚下的阁楼寝屋，每夜等

---

① 琴棹：三味线的琴杆部分。

到别的学徒同伴都安静地睡下了，才独自练习弹奏。然而当初他寄宿在鵙屋家做丁稚奉公本是为了继承祖业，根本没有心理准备要改行以抚琴为终身职业，更没有这样的信心。只是对春琴过于忠诚的缘故，将她的喜好看作自己的喜好，才走到了此种境界。他没有想过以音曲作为获取春琴爱情的手段，从他对春琴也极力隐瞒自己练琴一事便可得到证实。佐助同二掌柜、小学徒等五六人睡在一间狭窄的小屋里，天花板低得站起来就会碰到脑袋，他以不妨碍他们睡觉为条件，拜托他们对自己练琴一事保密。店里的学徒都是少年，正是怎么睡也嫌不够的年纪，一沾枕头便酣然入梦，因此没人抱怨会被琴声吵醒。而佐助仍旧等到大家睡熟后才起身，将壁橱里的被子全取出来，钻去里面练习。夏夜，天棚下本就湿热，壁橱里更是酷热非常，而躲在里面练习，既可以防止琴声传泻到外面，也不会听见外面房间里大作的鼾声或梦话。当然，佐助没法使用琴拨，只能在无一丝光亮的黑暗中以手摸索着，用指甲略微弹拨。佐助一点也感觉不到黑暗带来的不便，因为目盲之人即是惯常处于这样的黑暗中。而他只要一想到小姐长年置身这黑暗的深处弹奏着三味线，便觉得再没有别的能比自己也身处同样黑暗的世界更加快乐了。后来他被允许公开练琴，曾说若是不和小姐一样身处黑暗，便是对不起她，因而养成了拿起乐器就闭上眼睛的癖好。也即是说，尽管他并非目盲之人，为了品尝盲女春琴遭受的那些苦难，尽可能亲自体验盲人极度不便的生活处境，有时也好像很是羡慕盲人。后来他果真成了盲人，事实上应当是受到少年时代的这种心理的影响，细想起来也并非偶然。

不论何种乐器，若要穷尽其妙练至炉火纯青都具有同等的困难。像小提琴、三味线这样弦柱指位上没有任何标记的，每次弹奏前都必须调音，因而能够完整弹奏一遍乐曲并不容易，最不适宜独自练习，何况那个时代没有乐谱，即使跟随师父学艺，一般也有"古琴三月，三味线三年"的说法。佐助没钱购买古琴这样昂贵的乐器，而且古琴太大，最重要的是他根本不能将它带回店里，所以只得从三味线学起。据说一开始他已会调弦，证明至少在听音辨调的才能上，他天生便比普通人高出许多，同时也说明平日里陪伴春琴去检校家，他在等待她练习结束的期间，曾多么一心一意地聆听。不论调式区别与唱词，还是乐音高低或旋律，一切只能凭借耳听心记，除此以外没有捷径。就这样，从他十五岁的夏天开始，差不多有半年时间，除了同屋的伙伴之外，没有人知道他在暗自练琴。然而临到这年冬天，发生了一件事。某日拂晓，凌晨四时左右，周遭一片漆黑宛如深夜，鵙屋家的夫人，即春琴的母亲茂女起来如厕，这时不知自何处奄然飘来一段《雪》①的乐曲。昔时有"寒天稽古"的习惯，说的是在寒冷的夜里，天欲拂晓之时，迎着刺骨的寒风进行艺道练习。可道修町一带是药材铺集中的区域，店铺鳞次栉比，却也恪守规矩，没有艺道师父或艺人的宅子，更无一户从事香艳风俗行业的人家，且这会子是万籁俱寂的深夜，即便寒天稽古，时刻上也差得太远。况且寒天稽古应用琴拨弹奏，拼命拔高音调，眼下只听得对方以指甲略微弹拨，反复练习一个段落，直至准确方觉满意。原来一个人练琴竟是可以声裂金石般地热烈执着，鹈屋家的夫人虽觉惊异，却也没有太往心里去，便回屋睡下了。不想后来又有两三次半夜起床如厕，次次皆有琴音入耳，有人道，"这么说来，我也听到过呢。却不知是在何处弹奏的，倒也不像狸猫在月夜拍腹作鼓的声音②哪"。于是，在店里的伙计尚不知晓的时候，这桩奇闻在内宅先传开了。假使佐助能像夏天以来那样，一直躲在壁橱里练琴，那么谁也不会发现，然而恰是因为他自觉无人发现，胆子便也渐渐大了。加之他是趁着繁重工作的余暇，将睡眠时间挪了一些用来练琴，长期睡眠不足，导致人一到暖和的地方就想打盹。因此自秋末开始，每到夜里他都悄悄跑去晒衣台上

---

① 《雪》：由大阪的峰崎勾当所作，是地呗中最广为人知的名曲。

② 传说每逢有节日庆典活动或祭祀活动时，狸猫会模仿人类敲锣打鼓以及吹奏之音，挺起肚皮敲腹鼓。

练琴。通常他在夜里亥时，即晚上十时和店里的伙计们一同躺下，到凌晨三时左右起床，抱着三味线去晒衣台，临着一天一地凛冽的寒风独自苦练，直至东边天空渐染微白光亮才回屋睡觉。春琴的母亲听到的正是佐助在晒衣台上弹奏的琴音。大约因为佐助悄悄前去练琴的晒衣台在店铺的屋顶，所以比起睡在晒衣台正下方的店铺伙计，反倒是与之隔着花木庭院、住在内宅的夫人小姐，打开走廊上的防雨窗便能先一步听到琴声。内宅的夫人率先察觉，又在店铺的伙计中一查，众人方知是佐助所弹。佐助被叫至大掌柜面前，大掌柜狠狠地赏了他一顿白眼，警告他以后不可再犯，否则便会没收那把三味线，看起来这是它理所当然的归宿。就在这时，有人在意外之处向佐助伸出了援手。内宅一位小姐的意思是，别的暂且不提，总之想要听听他能弹到怎样的程度。而建议者正是春琴。佐助以为此事被春琴知晓后，必然会惹她不愉快，明明主家交给自己的任务只是为小姐牵手引路，他偏忘了自己丁稚学徒的身份，不说好好履行职责，竟也狂妄自大地模仿小姐练琴，此后要么被无视要么被嘲笑，总之绝无什么好下场。他心中越发惴惴，一听对方说"那就弹来听听吧"，更加胆战心惊踌躇不前。倘若自己的一片诚意能够通达上天，感动小姐，倒也可喜可贺，然而无论怎么想，这或许都只是小姐故意拿他寻开心，半是解闷半是安慰的一场消遣，而且自己确无在人前弹奏的信心。不过，既然春琴表示想听，便说什么也容不得他推辞。除了春琴，她的母亲及其他姐妹也很好奇，于是佐助被叫去里屋，当着她们的面展示自学的成果。对佐助来说，这委实是个了不得的场面。当时的他好不容易弹熟了五六首曲子，小姐吩咐他"把你会的都弹一遍试试"，于是，佐助依言鼓足勇气，凝神弹奏，其中既包括比较简单的《黑发》①，也有难度较大的《茶音头》②。这些曲子他平日里是凭借杂乱无序地偷偷听记来学习的，许多地方记得也不大符合规律。也许鵙屋家的人就像佐助胡乱猜测的那样，起初只打算拿他逗笑取乐，然而听完他的弹奏，发现短时间内即便只是独自苦练，他也能准确地记住应于何处按弦，且连曲调里的高低平仄亦弹得抑扬顿挫婉转有致，于是众人深感佩服。

《春琴传》曰："其时春琴怜惜佐助之志，道'汝之热心可嘉，往后便由小女教导。汝若得余暇，可拜小女为师，勤学励进'。春琴之父安左卫门遂也应允。佐助欢喜异常，恪守丁

---

① 《黑发》：由初代杵屋佐吉作曲，初代樱田治助作词的长呗，后成为大阪地方流行的地呗。长呗是地呗的一种，相比三味线组歌，长呗的歌词具有连贯性和整体性。

② 《茶音头》：地呗名曲，又名《茶之汤音头》。三味线演奏部分由菊冈检校作曲，琴演奏部分由八重崎检校作曲。

稚职责，用心竭力侍奉小姐，且每日在限定时间内，接受小姐的指导。如此，十一岁少女与十五岁少年于主仆关系之上又结师徒之契，诚为清嘉美事。"向来难以取悦的春琴何以忽然对佐助表现出如此温情呢？据说这其实并非春琴的本意，而是周围之人的故意劝使。想来一位失明的少女，虽然身在幸福的家庭，却似动辄陷入孤独，郁郁寡欢，且不论她的双亲，便是下面的女侍们亦觉得小姐极难伺候，想方设法也没能令她稍感安慰、心情明朗，正在苦恼万分的时候，偶然发现佐助与小姐兴趣相投。大约那些在内宅伺候春琴的用人也对小姐的任性束手无策，想着正好借此机会把这份苦差事推给佐助，还能减轻一些自己的负担。也许她们还会刻意将话题引去这样的方向：佐助是多么奇妙难得的人才啊，倘若由小姐亲自对他加以指导，他定会感觉无比幸运，打从内心喜悦不已。不过，诸番怂恿得拿捏好分寸技巧，否则气性别扭的春琴未必就会听从旁人的劝说。总之在周围人有心无意的提点下，到了此时，春琴也的确没法讨厌佐助，又或许那满心春水终是起了涟漪。无论如何，她主动提出收佐助为弟子，对于父母兄弟及用人来说，这实在是件难得的事。当然，即便被奉为天才，一名十一岁的少女初为人师，究竟能教出怎样的弟子，也是无须多问的。如果这么做可以排解她的寂寞无聊，她身边的用人正好求之不得。这无非是设计一出"扮演老师"的游戏，命令佐助充当她的玩伴罢了。此番安排与其说为了佐助，不如说是为了春琴，而从结果来看，倒是佐助受益良多。《春琴传》上写着，佐助"恪守丁稚职责，用心竭力侍奉小姐，且每日在限定时间内，接受小姐的指导"，至今为止他每日都要牵着小姐的手为她引路，侍奉她好几个小时，不仅如此，还会时常被唤去小姐的房间里学习音曲，自然无暇顾及店铺的工作。安左卫门起先觉得留这个孩子在自家店里是打算将他培养成商人的，眼下却让他侍奉自己的女儿，多少对他老家的父母心怀歉意，可转念一想，相比一个丁稚学徒的未来，取悦爱女春琴终究重要得多，而且佐助本人也愿意伴着春琴。既然如此，暂且先这么处理，便也默许了两人如今的关系。从这时候起，佐助便唤春琴作"师父"，而春琴命令佐助，平日可以唤她作"可依朵桑"，授课的时候必须称自己为"师父"。她也不称他为"佐助君"，却是直接唤他"佐助"。这一切全然效仿春松检校对待自家弟子的做法，严格执行师徒之礼。于是，正如大人们谋划的那样，两人一直玩着天真烂漫的"扮演老师"的游戏，春琴也似乎排遣了寂寞，忘记了孤独。两人就这样将游戏经年累月地玩了下去，更无中断的意思，反倒在两三年后，不论是师父还是弟子，都逐渐跳出了游戏的领域，态度认真起来。每日午后二时左右，春琴会去靭町的检校家，花三十分钟至一个小时接受琴艺指导，然后回家复习课业直至黄昏时分。用过晚饭，每逢她心情不错的时候，便将佐助唤到二楼的起居室传授琴技。渐渐地，这一行为终于变成每日不可或缺的习惯，有时直到九十点钟还不许他离开。她严厉的训斥声传到楼下，时常让用人们大吃一惊。"佐助，我是这么教你的吗？""不对，不对，你给我练一个通宵，直到弹会为止。"有时这位年少的女师父会一面怒骂"笨蛋，怎么就是记不住呢"，一面用琴拨敲打佐助的脑袋，而她的弟子则会抽抽搭搭地啜泣出声。此类事情早已是家常便饭。

过去教导艺人学艺，都是展开烈火真金般的严苛训练，师父往往会对弟子体罚惩戒，这也是众所周知之事。今年（昭和八年①）二月十二日大阪《朝日新闻》星期日版刊登了一篇报道，是小仓敬二君②所写，题为《人形净琉璃③——血泪淋淋的

---

① 昭和八年：公元1933年。

② 小仓敬二君：未详。

③ 人形净琉璃：人形即木偶，净琉璃是以三味线伴奏的语物（说唱）音乐的一种。太夫担任净琉璃音曲系统的说唱。后由竹本义太夫创设义太夫节，减弱传统的语物性，增强戏剧的要素，渐成净琉璃的主流。人形净琉璃即以净琉璃配合人形师（木偶操纵师）演出的木偶剧，现代又称"文乐"，与歌舞伎、能乐、狂言并列日本四大古典艺术表演形式。2003年被联合国教科文组织列为世界非物质文化遗产。

修业》。文中写到摄津大掾①亡故后的名人②三代目③越路太夫④的眉间有块月牙形的伤疤，据说那是他的师父丰泽团七⑤在授课之时一面责骂"你要什么时候才能记住"，一面用琴拨将他戳倒后留下的印记。此外，文乐座⑥的人形师吉田玉次郎⑦的后脑勺也留有同样的伤疤。玉次郎年轻时，曾练习过《阿波之鸣门》⑧。他的师父、大名人吉田玉造⑨在"追捕犯人"这场戏中，操纵十郎兵卫这个角色的人形，而玉次郎则操纵人形的腿足。关键时刻，无论他如何操纵十郎兵卫的腿足，也不能令师父玉造满意。情急之下，师父大骂他道"你这笨蛋"，继而操

---

① 摄津大掾：这里指竹本摄津大掾（1836—1917年），义太夫节太夫，是义太夫节全盛期明治时代的名人。本名二见金助，艺名竹本南部太夫，师事五世竹本春太夫。1860年继承为二世竹本越路太夫，1883年成为文乐座纹下，1903年袭名六世竹本春太夫，受领摄津大掾之名。

② 名人：大师名家。

③ 代目：指流派或家族之主的世代继承顺序。

④ 三代目越路太夫：这里指三世竹本越路太夫（1865—1924年），大正时代义太夫节的名人。本名贵田常次郎，摄津大掾门弟。1915年成为文乐座纹下（人形净琉璃一座的代表）。

⑤ 丰泽团七：未详。

⑥ 文乐座：演出人形净琉璃的专门剧场。

⑦ 吉田玉次郎：未详。

⑧ 《阿波之鸣门》：木下半二等合作的人形净琉璃时代物。时代物是歌舞伎脚本的题材类型，取材于江户时代的贵族、僧侣、武士阶层，并将故事架空到室町、镰仓甚至平安时代，充满幻想之风。

⑨ 吉田玉造：这里指初代吉田玉造（1829—1905年），人形净琉璃人形师。

起演出打斗场景时使用的真刀，忽地朝他的后脑勺打去，留下一道至今未能消除的刀痕。而殴打玉次郎的这位玉造师父，也曾被他的师父金四①用十郎兵卫的人形敲破脑袋，鲜血将人形染得绯红。他恳求师父将人形那只沾满鲜血的被打断的腿给了他，并用丝绵把腿包起来，收在白木箱里，有时会取出来供在慈母的灵位前，恭谨礼拜，且对人哭诉道："倘若没有随这只人形接受师父严厉的痛责，或许我也不过作为一个平凡艺人庸碌无为地度过一生。"先代大隅太夫②在学艺修行之时，身材看上去如牛一般笨重，大家都说他"蠢钝如牛"。他的师父是那位声名显赫的丰泽团平③，大家都称他"大团平"，团平本人是近代三味线的巨匠。有一回，正值闷热的仲夏夜晚，这位大隅在师父家里练习《木下荫挟合战》④中的"壬生村"这一段，有句唱词是"这枚护身符乃遗物也"，他却无论如何都念不好，反复练习了一遍又一遍，可师父团平始终不说"行了"，还支起一顶蚊帐，钻进去继续听他练习。大隅忍受着蚊虫的叮

① 金四：未详。

② 大隅太夫：这里指三世竹本大隅太夫（1854—1913年），义太夫节太夫，与竹本摄津大掾并称明治义太夫界的双璧。

③ 丰泽团平：这里指二世丰泽团平（1828—1898年），义太夫节三味线演奏家。

④ 《木下荫挟合战》：若竹笛躬、近松余七等根据人形净琉璃脚本作家并木宗辅所作《釜渊双级巴》改编而成的人形净琉璃时代物。其中第九册即为《壬生村之毁》。

咬，重复了一百遍、两百遍、三百遍，乃至无休止地反复练习。夏夜短暂，东方既白，师父不知何时也已疲倦，似乎睡了过去，可即便如此，只要师父不说一句"行了"，大隅就会继续发挥那"蠢钝如牛"的个性，坚忍耐心地一遍又一遍拼命练习。终于，他听见蚊帐里传出师父团平的一句"练成了"。原来师父看似已经睡熟，实则根本没有合眼，彻夜聆听着。此类逸闻不胜枚举，不仅限于净琉璃的太夫、人形师，便是生田流的古琴、三味线的传授也是如此。而且这一行的师父多是盲人检校，残障者往往性情偏执，行事亦有严苛残酷的倾向。如前所述，春琴的师父春松检校的授课方式也以严厉闻名，动辄开口怒骂，伸手便打。不少情况下，由于师徒双方都是盲人，每当弟子受到师父的斥责打骂，都会本能地渐渐向后退缩躲避，更有甚者抱着三味线从二楼的扶梯滚落下去，引起骚乱。日后春琴挂出"琴曲指南"的牌子招收弟子，教导方法以严苛狠厉而远近闻名，果然是由于她沿袭了师父的授业方式。其实，春琴在教授佐助的时候已经显露出她的严厉，即是说，那种方式从她玩着年少女师父的游戏开始逐渐演变成真正的斥责打骂。有人说，男性师父痛责弟子的先例很多，而春琴这样的女师父竟也打骂男弟子，如此事例却是极为少见的。这样想来，她莫不是有几分嗜虐倾向么？又莫不是借着授业练琴的机会，寻求某种变态性欲的快感？如今我们很难断定其中真假，不过有一桩事却是明白无误的：孩子在扮"过家家"的游戏时，一定会模仿大人的某些行为。那么，一直备受春松检校宠爱的春琴，虽说从未挨过棍棒，经受皮肉之苦，却因她熟知师父平日的作风，幼时便已领悟为人师者本该如此行事，自然而然会在玩游戏的阶段早早模仿起检校的授课方式，以至往后越发极端激烈，形成了习惯。

也许佐助原本便是个爱哭鬼，每次被小姐打骂都要掉眼泪，而且竟是没有骨气地咿咿啜泣，于是旁人便皱眉道："小姐又开始责罚他了。"最初只是打算让佐助作为春琴玩伴的大人们见此情景，也不知如何是好。每天夜里，琴声、三味线的声音吵得人心烦意乱，其间不时夹杂着春琴疾言厉色的斥责，以及佐助的哭泣，直把众人折腾到三更半夜。如此一来，大人们又觉得佐助委实可怜，最重要的是，这样做对小姐也没有好处。有的女侍实在看不下去，便闯进练琴的屋子，劝止道："这是怎么回事？小姐，您乃千金之躯，这么做有失身份。何必对一个男孩子如此严格呢？"春琴一听，反而态度端肃，正襟危坐道："你们懂什么？不要多管闲事。"或是盛气凌人地道："我是真心实意在教他，可不是玩游戏。我是为了佐助着想，才会这样费尽心思地去教。不管我多么生气地骂他教训他，练琴就该有练琴的态度。你们连这些也不懂么？"此事在《春琴传》里亦有记载："春琴毅然决然道，'汝等以吾少女而欺之，更兼冒犯艺道之神圣。吾虽年幼，然既苟为人师，则为师者自有其师之道。吾授业佐助，原非一时之儿戏。佐助生而喜好音曲，却以丁稚之身，实难求学于优秀检校，若放任自学又颇为可怜。吾虽技拙，代为其师，唯欲助其遂达心愿也。汝等盖无所知，理应速速退去'。众人皆为其威严所慑，更为其辩才所惊，唯诺退下。"由此已能想象春琴据理力争、矜傲气盛的模样。虽然佐助也哭，但是听完春琴的这番话，果然生出无限感激之情。他会哭泣，不仅是在忍受练琴的艰辛，面对主人兼师父的少女所给予的激励，那眼泪里还包含着谢意。因此，不论遭受多大的苦痛，他都不曾逃避，总是一边哭着一边忍耐练习到最后，直至赢得师父的认可，听到她说"好了"为止。春琴情绪每日变化无端，时好时坏，若只是听她絮絮叨叨的斥责还算好的，要是她皱着眉，一言不发，使劲拨响第三根琴弦，或者只让佐助一人弹奏三味线，自己却不置可否，一动不动地坐在旁边静听，这种时候才让佐助最是想哭。某天晚上，佐助练习《茶音头》的手事①部分，因着未能领悟，怎么也记不住，练了好几遍还是出错。春琴又急又恼，像往常一样，将三

---

① 手事：地呗、琴曲里没有歌词，纯用琴或三味线等乐器演奏的部分，在前歌与后歌之间。

味线放在面前，嘴里唱着"呀——唧哩唧哩锵，唧哩唧哩锵，唧哩锵唧哩锵唧哩锵——唧咚，咚咚伦，呀啦啦咚……"，右手一面用力往膝盖上打着拍子，一面口念三味线的节拍，过了一会儿，终于默然不语再不管他。佐助不知所措，也不能停下手上的动作，只好按照他自己的理解继续弹奏。不论他独自弹了多久，春琴就是不说一句"好了"，如此一来，佐助反倒头昏脑涨，错误百出，到后来弹得冷汗直冒，越发跑音走调得一塌糊涂。春琴始终静静坐着，嘴唇紧抿，眉头深锁，如此僵持了两个多小时，直到母亲茂女穿着睡衣上来，劝道"你再怎么热心教授，也得有分寸。过犹不及，会伤身体的"，好说歹说才将两人分开。天明后，父母将春琴唤至跟前，对她道："你教佐助弹琴的一番好意，固然是不错的。不过打骂弟子，那都是获得了众人认可的检校才可以做的，不论你的琴弹得多么好，毕竟自己也还跟随师父学习，要是现在就模仿师父的做法，必将生出自负简慢之心。大凡艺道，一旦有了自负简慢的心思，便不会再有长进的空间。而且你一个女孩子，竟然捉着男子大骂对方'笨蛋'，实在是不堪入耳，只这一点便须多加注意，谨言慎行。再有，得定一个时间，不可弄至三更半夜。大家听到佐助呜呜咽咽地哭，便谁也别想睡着了，真是烦恼得很。"从来没有训斥过春琴的父母竟说出如此恳切的一番规劝，即便春琴性情如何好胜，此刻也是无以反驳，表示服理。

34

然而，这也只是表面做做样子，实际上并没有起到多大的作用，事后她反而挖苦佐助道："佐助这个人还真是没出息。一个男人连些许小事都忍耐不了，还哭出声来，听着不晓得有多夸张，害得我也挨了训斥。想要于艺道一途有所成就，便是锥心刺骨的痛楚也要咬牙受了。倘若做不到这一点，那我也拒绝再做他的师父。"从那以后，不论遭受怎样的艰辛苦楚，佐助亦绝不出声了。

春琴自从失明后，逐渐变得坏心眼起来，且开始授课以后，言行举止越发粗暴。鵙屋夫妇似乎有所察觉，对此颇感忧虑，女儿得了佐助这么一个玩伴，真不知是好事还是坏事。佐助能够取悦于她，诚然难得，但一味迁就，凡事听之任之，无疑会日渐助长她随心所欲的性子，将来说不定会变成一个性情扭曲乖僻的女子。夫妻俩私下里很有些苦恼。不知是否出于此种忧虑，佐助在十八岁这年冬天，经春琴父亲安排，拜入春松检校门下。即是说，不再由春琴直接教授佐助。这大约因为在父母看来，任着女儿效仿师父的教法，毫无疑问是最糟糕的，极易对女儿的品性产生不良影响。与此同时，佐助的命运便也这样定下来。那以后，佐助完全解除了丁稚学徒的任务，成为春琴名副其实的引路人，以师弟身份陪着她同往检校家。不用说，佐助本人对主家的这番决定自是期盼。为了获得佐助双亲的谅解，安左卫门也花大力气对他们做了游说，劝他们放弃让佐助成为商人的目的，作为补偿，许诺了佐助将来的生活，保证不会弃之不顾。可想而知，春琴的父母为此颇费了一番唇舌。为了春琴着想，安左卫门夫妇甚至动过招佐助为婿的念头。女儿既是身体不便，自然很难寻到对等的结婚人选，倘若对象为佐助，那便是桩盼之不得的好姻缘。父母费心考虑至斯，也是在所难免。然而到了后年，即是春琴十六岁、佐助二十岁的时候，当父母开始委婉地暗示婚姻之事，却遭到了春琴义正词严的冷淡拒绝。她极为不悦，说自己根本打算终身不嫁，尤其对于佐助这样的人，连想也未曾想过。这话可真是出人意料。又过了一年，春琴的身体发生了不容忽视的变化，母亲若有所觉，心想莫非是……却仍旧暗暗留意，只道蹊跷。若是等到大家都能看出来，可就难堵悠悠众口，用人们又是很爱嚼舌根的，眼下尚且还有补救之法。于是，她也没有告知丈夫，只私下里询问了本人。春琴矢口否认，说完全不记得有那回事，母亲也就不再追根究底，虽说暂且将此事搁置一旁，但到底对这种回答难以认同。然而一个多月后，事情已到了不能隐瞒的地步。这一回春琴坦率承认了怀孕一事，却任凭父母怎么质问也不肯说出对方是谁。若被强行逼问，她便说"我和他已经约好，谁也不许说出对方的名字"。问她是不是佐助，她也全盘否认，说自己怎么可能与一个丁稚学徒做那种事。虽说谁都以为暂且数佐助的可能性最大，但是联系她去年说的那番话，春琴的父母又觉得不至若此。况且，假使两人有这种关系，人前往往很难彻底掩饰，这对少男少女经验尚浅，不论装得怎样若无其事，总会被人察觉蛛丝马迹才是。而佐助自从成为春琴的同门师弟以后，便没有机会像从前那样与她对坐到三更半夜，只是偶尔和她一道以师弟师姐的礼法复练琴技。其余时候，她总是维持着自己清高傲慢的小姐姿态与佐助相处，除了让他牵手引路，似也没有更多的往来接触。用人们不仅感觉两人之间并无不妥，甚至觉得他们的主仆有别未免过于严苛，以至缺乏人情味。母亲估摸着如果向佐助询问此事，或许能知道一些眉目，那人定然也是检校的门生，然而佐助坚决表示自己不知道、不知情，不仅不记得发生过什么，也不晓得任何别的线索。不过，当被叫到夫人跟前时，佐助态度战战兢兢，神色令人生疑，于是夫人严加盘询，他便说话前后矛盾，哭着道："我要是真的说出来，会被小姐责骂的。"夫人便道："不会的，你肯护着你家小姐，这固然很好，但你怎能不听主人的吩咐呢？你这样一味隐瞒，反倒是害了你家小姐。你且把那人的名字说给我听听。"母亲这番话说下来嘴都酸了，佐助依然不肯据实以告。然而仔细琢磨他的话，从言外之意判断，对方果然便是佐助本人，可他既已和春琴约好，看来是无论如何不肯言明了，只希望求得主人的体察谅解。鹈屋夫妇心知木已成舟，也没有别的法子，如果对方是佐助那便最好。不过若是如此，去年提议她嫁给佐助的时候，她为什么还说出那样口是心非的话？女儿家的心思果真是反复无端难以捉摸。发愁之际，春琴的父母却也安下心来，趁着还没有人说三道四，不如让他们早日完婚，于是对春琴旧话重提。春琴脸色骤变，道："这桩事不必再提了，我去年便已说过，对佐助那种人无须考虑。我身体不方便，你们对此心怀怜悯，我固然感激，可无论怎样不便，我也不至于沦落到嫁给一个学徒的地步。这么做也对不起腹中孩子的父亲。"于是，父母顺势问她孩子的父亲究竟是谁，她道："这个问题请别再反复询问了。反正我不想同那人在一起。"如此一番对质下来，父母又觉得佐助的话令人生疑，可究竟孰是孰非，眼下毫无头绪。父母只觉束手无策，十分头疼，除了佐助之外，他们实在想不到还有别的谁，许是女儿觉得事已至此，面上尴尬，便故意说些言不由衷的反话，过段时间，自然会道出内心所想，也就不再追根究底，总之先送她去有马温泉①疗养，等孩子出生后再议。那是春琴十七岁那年的五月，佐助留在大阪，春琴由两位女侍陪伴，去了有马温泉，在那里一直住到十月。所幸春琴生下的是个男孩，婴儿的脸与佐助简直如同一个模子刻出来的，于是谜底总算解开。然

---

① 有马温泉：位于兵库县神户市北区，是有名的避暑、温泉疗养地。

而即便如此，春琴依旧对婚事的提议充耳不闻，甚至到此时，依旧否认孩子的父亲是佐助。万般无奈之下，父母只好唤来二人当面对质。春琴寸步不让地道："佐助，你是不是说了什么令人起疑的话？你这么做，分明是在给我添麻烦。听好了，我要你明明白白地说，不记得的事就是没有。"佐助被春琴反将一军，更加畏首畏尾地道："我对小姐绝无非分之想。我自幼承蒙主人大恩，绝不敢做出那样不顾身份不知检点之事。这于我是莫须有的怀疑。"这回他与春琴说法一致，彻头彻尾否认得干净，导致真相越发扑朔迷离。父母便对春琴道："难道你不觉得这孩子很可爱吗？便是你一意孤行，家里也不能养育一个无父之子。倘若你说什么也不愿意接受这桩婚事，虽说这么做孩子很可怜，但我们也只得把他送到别的人家去了。"父母试图以孩子逼春琴就范，但春琴神情凉凉地道："那便请你们把孩子随意送去哪里吧。这一生我原本便打算独身过下去，孩子于我而言只是累赘。"

那时，春琴所生的孩子便让人送去了别处。孩子生于弘化二年①，想必现已不在人世，而且也不知被送去了什么地方，大约一切都是春琴的父母全权处理的。就这样，春琴执拗到底，

① 弘化二年：公元1845年。

怀孕一事便也不了了之。过了一段时间，她又若无其事地命佐助牵着自己的手去练琴。那时候，她与佐助的关系几乎已成公开的秘密，可让他们正式结合，两位当事人又都坚决反对。父母无奈，因为深知女儿的气性，只好默认了两人的关系。此后两三年间，两人一直维持着如此暧昧的状态，既不像主仆，又不像师姐弟，也不像恋人。春琴年满二十岁的时候，借春松检校去世之机，她便自立门户，挂牌招徒。春琴搬出父母家，在淀屋桥附近筑了一所房子，佐助也同时跟了过去。大约在春松检校生前，春琴的实力便已得到认同，且经他允许，自立门户亦无不可。此外，检校还取出自己名字中的一个字，为她取名"春琴"。在正式演奏的场合，检校时常与她合奏，或是令她演唱高音部分，对她多有提携照拂，所以检校死后，春琴自立门户也是理所应当的。不过，按她的年龄、境遇来看，似乎没有必要如此仓促地自立门户。这恐怕是父母考虑到她与佐助的关系不得已而为之。事到如今，他们二人的关系早已是公开的秘密，可处在如此暧昧的境地，总归会对家里的用人们产生不好的影响，不若让他们另辟居所，大大方方地同居。面对父母此种程度的安排，春琴倒也没有异议。当然，佐助随她去到淀屋桥以后，待遇与从前相比没有任何不同，不论去往何处，依旧为春琴牵手引路，而且由于检校已经去世，他又重新师事春琴，如今两人毫无顾忌地称呼对方为"师父"与"佐助"。春琴非常厌恶自己与佐助被旁人视为夫妻，因此严格遵循主仆礼仪、师徒规矩，连带着遣词造句的极细微处也规定得十分烦琐。佐助偶有违规，即便跪下身俯着头道歉谢罪，她亦决不肯轻易原谅，几近偏执地责备佐助的疏忽无礼。新来的门生不知背后因由，因而从未对二人之间的关系有过质疑。不过，据说鹓屋的用人曾私下里偷偷议论，说真想悄悄听听，不知小姐与佐助花前月下谈情说爱会是何等光景。说起来，春琴何以对佐助持着这种静观态度呢？其实在婚姻问题上，大阪至今仍比东京讲究并计较双方的家世、资产、门第礼法等。大阪自来商家意识浓厚，其封建老式做派令人不胜其扰，因此像春琴这样出身旧式家庭的大小姐，自是不肯舍掉她的矜持与倨傲。她向来轻视世代流着仆从血脉的佐助，且只会比众人以为的更甚。再有，目盲之人性情乖僻，争强好胜，不肯将弱点暴露人前，更不许对方视自己为痴傻。倘若春琴是这样想的，那么她或许便觉得招佐助为夫婿无异于侮辱自己。至于个中缘由细节，诸君不妨多加体察。总之，同比自己身份低贱的男子发生肉体关系，春琴内心深处始终感觉羞耻。许是因着逆反的心态，面对佐助，她脸上就变得好像什么都没有，只有冷淡以及疏离。那么在春琴看来，佐助不过等同于一件生理必需品。或许在她的潜意识里就是如此。

《春琴传》曰："春琴日常有洁癖，不穿微染尘垢之衣，每日更换贴身衣物，命人清洗。又朝夕督促用人扫除房间，严厉至极。每当落座，举凡坐垫、榻榻米，皆以手指一一拂拭，若有些微尘埃，则必感厌恶。尝有一门生患胃疾，不知自己口有臭味，至师父跟前练琴。春琴如往常般将三味线铿然一拨再放下，蹙眉不言。门生不知其所以然，惶恐再三，询问原因。春琴乃曰，吾虽目盲，鼻嗅尚灵，汝速去漱口。"也许正是因为双目失明，她才会有如此洁癖。要照顾这样一位盲人，可想而知身边伺候她日常起居的人须得多么细致周到。比方说牵手引路的职责，便绝非只是牵一牵手，乃至饮食起居、入浴如厕等日常琐事，也必须照应周全。而佐助在春琴年幼时代便担负起这些任务，早已知悉她的脾性癖好，除了佐助，终究没有人能够令她满意。从这个意义上说，佐助之于春琴便是不可或缺的存在。从前她在道修町居住的时候，对父母兄妹尚且有所顾忌，现在成为一家之主，洁癖与任性皆变本加厉，因此需要佐助操劳之事也越来越繁杂琐碎。下面一段话是鸭泽照老太太所言，确然未曾见于传记：师父如厕出来后，从未洗过手。若问缘由，皆因她一次都无须亲自动手，从头至尾一切会有佐助为她做好。入浴时也是如此。据说高贵的妇人会心平气和地让别人为自己清洗身体，且不以为耻。师父之于佐助，无疑也是高贵的存在。况且师父目不能视，又或许从小便养成了这样的习惯，事到如今大约也不会再产生任何情绪波动。她的打扮非常讲究，失明以后，虽不再照镜，对自己的艳丽姿容亦是超乎寻常地自信，对衣物、发饰的搭配更是苦心经营，与目明之人并无不同。回想起来，她的记忆力也是极好，大约长年以来一直记着自己九岁时候的容貌，而且世间的夸赞以及世人的奉承不绝于耳，所以她十分明白自己容色出众，对化妆的痴迷简直非同一般。又常饲养黄莺，将莺鸟的粪便与米糠和在一起作为化妆品使用。另外她十分偏爱丝瓜水，倘若面部、手足不够滑腻有光泽，心情就会很糟，至于皮肤粗糙则是她最忌讳的。但凡弹奏弦乐之人，出于按弦的需要，格外在意左手指甲的生长情况。每隔三日，她便命人为自己修剪磨锉指甲。除了左手，右手与双足的指甲统统需要修剪。其实因为时日不长，指甲长得并不多，不过一二厘①，肉眼几乎分辨不出。然而每次她都命人精确修剪，不容有误。剪完以后，她会用手依次抚摸仔细检查，稍有不齐，则不依不饶。类似诸般照料均由佐助一人承担，此外他还须抽空练琴，有时更要代替师父指教后进的弟子。

所谓肉体关系，其实也多种多样。如佐助这般，对春琴的身体知悉非常，巨细无遗，而她与他结缘之亲密，却是一般夫

---

① 厘：尺贯法长度单位，指一尺的千分之一。

妇或普通恋人做梦也无法企及的。后面几年，当他自己也失明后，仍然留在春琴身边侍奉，且从未犯过什么大的错误，想来绝非偶然。佐助终生未娶妻妾，从学徒时代直到八十三岁的老人，除了春琴以外，对别的异性无甚了解，所以他始终没有机会拿春琴同别的女子做比较。他在晚年鳏居以后，时常对身边的人说春琴皮肤细滑，四肢柔软，并对此赞不绝口，这似乎已成为他老年以后唯一絮叨不止的话题。他也常摊开手掌，说师父的纤足恰好可以搭在这只掌上；又一边抚摸自己的面颊一边道，便是师父脚后跟的肉也比自己的这个部位细滑柔嫩。前文已经提过，春琴身材娇小。穿着衣服时虽显得瘦弱，一旦裸身，其实比想象中要丰腴许多，肤色白皙几近透明，哪怕上了年纪，肌肤依然娇嫩富有光泽。她平日喜欢吃鱼肉和鸡肉，尤其爱吃鲷鱼做成的菜。就当时的女子而论，她是一位令人惊叹的美食家。她也喜欢小酌，据说每天晚餐时总要喝上一合①，因此，她的身体状况或许与这些饮食习惯相关。（盲人用餐时吃相不雅，令人同情，何况是这么一位妙龄的美丽盲人。且不论春琴有没有意识到这一点，除了佐助，她厌恶让别人看到自己用餐的模样。受邀做客之际，也只是象征性地拿起筷子做做样子，给人高雅清贵的感觉。然而在家里，饮食其实颇为奢侈。

---

① 合：尺贯法计量单位，指一升的十分之一。

虽说她食量并不大，每顿不过两小碗米饭，配菜也只是在每只盘子里各夹一筷，但是配菜种类丰盛，于是照顾她用餐就变得格外费力，甚至令人觉得她的目的便是为了刁难佐助。佐助做砂锅鲷鱼这道菜时，擅长剔除鱼骨，此外对于剥除蟹虾外壳也非常拿手，还能从香鱼尾部将整副鱼骨漂漂亮亮地抽出来，保持鱼形完好不变。）春琴发量丰厚，丝绵般柔软蓬松。手指纤长细嫩，手掌柔韧，许是常常拨弄琴弦的缘故，指尖十分有力，所以当她用这手扇人耳光时，对方是很疼的。春琴的体质容易上火，偏又相当畏寒。即使在盛夏也不怎么出汗，双足冷若冰霜，一年四季总是套着厚厚的纯白纺绸夹棉袍，或将绉绸小袖①当睡衣穿，拖着长长的裙裾，睡觉时用它裹起双足，即便如此，睡姿依然优雅，丝毫不乱。她怕热气上涌导致头晕，尽量不使用被炉②和热水袋。实在太冷时，佐助便将她的双足抱进怀里，供她取暖，由于很难焐热，反倒让佐助的胸口也冻得冰凉一片。沐浴的时候，为了避免浴室里蒸汽弥漫，便是冬天也敞着窗户。水要刚刚温热的那种，每次只泡一两分钟便要起身，如是反复浸泡数次。如果泡的时间久了，便会立刻感觉心

---

① 小袖：日本传统服饰，现代和服的原型，本为贵族穿在正装里面的贴身衣服，多采用白绢，镰仓时代以来改变了袖口款式和衣服层数，逐渐演变为正式的外衣。

② 被炉：日本冬天常见的取暖用具。在矮桌上搭一床棉被，里面放有炭火或电动发热器，人坐在桌边，将脚伸进去或整个身体钻进去取暖。

悸，似是被蒸汽熏得头昏脑涨。因此，她尽可能在短时间内把身体泡暖，之后很快冲洗干净。对于这些情况，了解越多就越能体察佐助的辛劳。而且她给予他的物质回报甚是微薄，薪水往往不过一点津贴，有时他手头拮据到连买烟的钱都拿不出，衣服是岁暮过年时主家发放的工作服。他虽也代师授课，春琴却不承认他的特殊地位，命令弟子、女侍直接称他"佐助"。待他陪同自己外出授课时，春琴便让他一直候在玄关口。有一次，佐助害了龋齿，右边脸颊肿得厉害，入夜后疼痛难当，他却硬是忍着，面上不肯表露分毫，只是时而悄悄出去漱口，在侍奉师父的时候，尤其注意不对着她呼吸、呵气。没过多久，春琴躺到床上，命令佐助为她揉揉肩膀、按摩腰背。佐助依言为她按摩了一会儿，春琴道："好了，现在你为我暖一暖脚吧。"佐助便恭敬地在她的裙裾一侧卧下，解开衣襟，将她的足底放在自己的胸口上。他的胸口一片冰冷，整张脸却因着被窝的热气火烧火燎，牙疼亦越发剧烈，难以忍受。他只好将春琴的足底贴上自己肿胀的脸颊，代替胸口供她取暖，才勉强止住疼痛。就在这时，春琴面上立刻笼起一道怒气，往他的脸颊踹去。佐助不由自主"啊"的一声跳了起来。春琴便道："不用你给我暖脚了，我是叫你用胸口来暖，没有叫你用脸颊来暖。足底可不会长眼睛，这和目盲不目盲没关系。你为什么瞒着我？似乎是牙疼吧，我从你白天的样子就知道了，而且我用脚底就能感觉出来，你右脸颊和左脸颊的热度不一样，肿的程度也不一样。既然这么疼，你坦白告诉我不就好了吗？我也不是不晓得体恤下人。然而你做出一副对我忠心耿耿的样子，却竟敢用主人的身体为你的牙齿止痛降温，分明是乘机偷懒，你的心眼真是坏透了。"春琴对待佐助的态度大抵如此，尤其当佐助对年轻女弟子亲切以待，或是给她们授课时，她便似被恼意掌控，纵使满腔疑虑，却又不肯将这嫉妒端然挂在脸上，而是采取更加狠毒的方式刁难佐助。这种时候，佐助最觉苦痛难挨。

一个单身的目盲女子，即便再铺张奢华，也有一定限度。纵然随心所欲过着锦衣玉食的生活，认真计较起来又算不得什么大事。春琴家里仅仅一位主人便须五六个用人服侍，每月的生活支出也是不少。要说为何需要这么高昂的一笔金额与诸多人手，最重要的原因便是春琴热衷养鸟，尤其偏爱黄莺。如今，一只啼声婉转的黄莺至少价值一万日元，便是在当时，情形也大致相同。当然与今日相比，关于黄莺啼鸣的音声辨别以及玩赏方法，昔日似乎略有不同。以今日的辨别方法为例，若啼鸣之声是"嗑阔、嗑阔、嗑阔、嗑阔"，便称作"渡谷莺声"；若啼鸣之声是"嗬—喊—呗咔空"，则称为"高音莺声"；既能发出"嗬—嗬—嗑阔"这样的天生啼鸣，又能发出那两种啼鸣的黄莺才是真正的身价不菲。山野林间的黄莺不会啼鸣，偶尔啼一声，也不是类似"嗬—喊—呗咔空"的婉转之音，而是扯着嗓子粗鄙地叫着"嗬—喊—呗锵"。要想让黄莺发出"呗咔空"的"空"一般带着泠泠金属余韵的美妙啼鸣，就必须采取某种人为手段对它加以培养。比方说，去山林间捕捉一只幼小的野生雏莺，尚未长出尾巴的那种，让它跟随啼鸣婉转的"黄莺师父"进行发声练习。如果捕获的雏莺已经长着尾巴，则表明它早已记住野莺父母的粗鄙声音，无法再矫正。那作为师父的黄莺，原本也是照着这种方式人为调教出来的，其中颇有名气的黄莺会被冠以"凤凰""千代友"等各种名号。因此，倘若哪处谁家有如此名鸟，那些饲养黄莺的人为了自己的黄莺，往往不惜千里迢迢前去拜访，恳请对方允许自己的黄莺学习府上黄莺的啼鸣之声。这种训练啼鸣的方法，称为"行附声"。一般在大清早出发，连续训练好几日。有时候，作为师父的黄莺也会亲自现身某些地方，弟子黄莺便将它围在其中，那情景犹如在声乐教室练习唱歌一般。不用说，每只黄莺质素各有优劣，音声也有美丑之别，同样是"渡谷莺声""高音莺声"，其抑扬顿挫之高下、余韵长短之萦绕也是杂陈缤纷。要得到一只啼鸣婉转的黄莺，并非易事。一旦获得，待它将来成为师父黄莺时便能赚取不错的授课费，因此售价昂贵也是理所应当。春琴家里饲养的最优秀的黄莺名叫"天鼓"。她很喜欢朝夕闻其啼鸣。天鼓的啼音实在嘉妙不可尽述，高音的"空"发声清越澄澈、余韵汤汤，犹如极尽人工之致的乐器，听来竟不觉得是鸟鸣，且啼声悠长，富有张力，音色鲜亮。因此，春琴对天鼓的饲养之法格外重视，也非常注意食饵的调配。制作一般黄莺的食饵，是将大豆和玄米炒熟后研磨成粉，加入米糠调制成白色粉末状，另外将鲫鱼干或桃花鱼干研磨为"鲫鱼粉"备用，再将这两种粉末按同样的比例混合起来，加入碎萝卜叶汁，是相当烦琐的调制方法。此外，为保证黄莺的啼鸣更加悦耳，还须捉来一种在野葡萄蔓草茎上结巢的昆虫，每日喂黄莺吃一到两只。如此劳心费神去伺候的莺鸟，春琴家便养了五六只，平日需要一两个用人专门伺弄。而且，黄莺被人盯着的时候是不肯啼鸣的，须将它养在名为"饲桶"的桐木箱鸟笼里。这种桐木箱嵌着纸障，密封性较强，只有微弱的日光透过纸障照进去。纸障的外框使用紫檀木或黑檀木等高级木材，施以精雕细刻，或是镶嵌蝶贝，描着泥金绘①，一笔一画皆是情趣。有的饲桶后来被视作古董，如今价值一百日元、二百日元，甚至五百日元亦不足为奇。天鼓的饲桶上镶嵌着中国的舶来珍品，紫檀为骨，桶腹处则装有琅玕②翡翠板，板上细致雕

---

① 泥金绘：即描金，起源于中国古代，是在漆器表面用金粉或金水描绘花纹的装饰方法，常以黑漆作底。

② 琅玕：中国产的玉石，质地较硬，多呈半透明的暗绿色。

刻着山水楼阁，着实是件高雅的艺术品。这鸟笼常被春琴放在自己起居室壁龛旁临窗的位置，她则坐在那处凝神静听。天鼓啼鸣婉转悠扬之时，她的心情就会格外明朗，因此用人们都勤于添水，逗引天鼓啼鸣。天鼓一般喜欢在天气晴和的日子啼鸣，所以当天气不好的时候，春琴的心情也随之变得难以取悦。自冬末至春初，天鼓的啼鸣最为频繁，进入夏天，啼鸣的次数逐渐减少，而春琴郁郁不乐的日子便也渐渐增多了。大致说来，只要饲养得当，黄莺的寿数还算长久，关键在于是否细心照料。倘若交给缺乏经验的人，黄莺很快便会死去。一旦死去，又得新买一只替代。春琴家的初代天鼓是在它八岁时死去的，后来一直没有寻到合适的第二代天鼓继任它的位子。花费了数年，才终于调教出一只不输给初代天鼓的黄莺，于是春琴再次将它命名为"天鼓"，爱惜赏玩，视若珍宝。《春琴传》记载："二代目天鼓声亦灵妙，可与迦陵频伽①媲美。朝夕于座右置笼，钟爱非常，时让门下弟子倾耳聆听此鸟啼音，而后训谕，'汝等聆听天鼓歌声，原本无名雏鸟，然幼少起不负磨炼之功，啼鸣之美迥异山谷野莺。或曰此乃人工之精妙，非天然之美也。每值深谷山路访春探花，自遮蔽流水之云霞深处，倏忽传出野莺之声，啼鸣风雅，吾不以为然，野莺须得天时地利

之意趣，始有雅致，单论其声，未必美矣。反之，闻天鼓名鸟啁啾之音，虽身居俗世，而有思于幽邃闲寂之山峡风趣。溪流潺湲、山樱叆叇，尽悉浮于心眼心耳。春花流霞于声中俱足，催人忘却身陷红尘万丈之都会，此乃以人工拙技与天然风光争绮也。音曲秘诀便在于此'。春琴还曾羞辱驽钝弟子，屡番斥责，'虽为小禽，尚解艺道之奥秘，汝既生而为人，何竟逊于鸟类'。"诚然她所言在理，但动辄将人与莺鸟相提并论，便是以佐助为首的门下弟子也难以接受。

黄莺之外，春琴也喜欢云雀。云雀有冲天飞扬的天性，即便在笼子里，也时常飞得高高，所以鸟笼要做成纵向的细长形状，高达三尺、四尺、五尺不等。然而，要想真正鉴赏云雀的美妙啼鸣，还须将它放出鸟笼，任它在光线的天罗地网里消失了踪迹，待它钻入云层深处，那啼鸣便会与天光一道洁净地传回地上。这即是欣赏云雀的"切云"之技。大抵云雀会在空中停留一些时候再飞回原先的鸟笼。停留的时间多为十到二三十分钟不定，停留得越久则越被视为优秀的云雀。所以在云雀竞技比赛上，人们会将鸟笼一字排开，同时打开笼门，让云雀飞入云天，最后回来的那只被判定为优胜。劣等云雀飞回之际，有时会误入旁边的鸟笼，甚至落在离鸟笼一二丁远之处。不过一般情况下，云雀都能好好辨认出自己的鸟笼。许是因为云雀垂直地蹿入天空，在空中某处停留一会儿，再银线般直直垂落，这样便自然能够回到原先的鸟笼。此外虽说是切云而过，其实并非指云雀切开云朵横飞而过，之所以看上去形同切云，不过是因为云朵奄然掠过云雀并因风而动。淀屋桥一带春琴家的街坊邻居，看见这位目盲的女师父在日影重重的明媚春色里，站在晒衣台上将云雀放飞入空，早已不以为奇。她身边总有佐助随行侍奉，另有一名负责照看鸟笼的女侍。女师父吩咐女侍打开鸟笼，云雀活泼喜乐地啼鸣几声，湮没在云霞深处无迹可求。女师父仰起失明的双眸，追寻漫天淡静的鸟影，那些自云间跌落的啼鸣碎在耳边，她听得入神且忘我，似天地之间再也没有比这更重要的事。有时，几位同好会把各自引以为傲的云雀带来，举行竞技比赛。每逢此时，左邻右舍便会走上自家的晒衣台，谛听云雀啼鸣。这里面有些人比起欣赏云雀，倒是更想观瞻女师父的美丽容颜。其实町内的年轻男子一年到头都能见着春琴，对此理应司空见惯，不过，无论哪个时代，世上从来就不缺好色之徒，每当听见云雀的啼鸣，大家便晓得这是目睹女师父芳容的信号，匆忙赶去屋顶。他们这样轻狂吵嚷，大约是在好奇心的诱导下，自目盲这一点觉出独特的魅力与深邃的神秘。也许平日里春琴由佐助牵着手外出授课，总是默然不语，神情端肃又冷淡，只在放飞云雀的时候，才能看到她温柔言笑里的奄然百媚，并且那张艳丽的面孔也好似充满生机。除了黄莺、云雀外，春琴还饲养过知更鸟、鹦鹉、绣眼、三道眉草鹀等各种鸟儿，数量大都在五六只左右，这些费用绝非小数。

　　春琴有着对家里人严厉，一到外面便格外亲切和悦的性子。应邀做客之际，言谈举止巧倩优雅，当中自有一股浑然的媚态，很难想象这样一个女子会在家里苛待佐助、打骂弟子。为了必要的社交，她装扮仪容，喜好铺排，临到婚丧喜庆、岁暮年节的赠答时节，她皆以鸥屋家小姐的身份赠送礼物，出手阔绰，便是赐给负责家中杂务的用人、轿夫、人力车夫等赏钱之时，也是毫不犹豫，十分大方。如此说来，她当真不顾后果挥霍无度么？绝对不是。笔者曾以《我所见过的大阪及大阪人》①一文论述过大阪人的节俭生活状态，文中提到："东京人的奢侈是表里不分的；大阪人无论看上去如何浮华铺张、讲究排场，必定要在外人不曾察觉之处节省冗余开支，紧束钱袋。"春琴既是生于道修町的商人之家，在这种层面又怎会疏忽大意？她一面喜好极端奢侈，一面又极端吝啬、贪得无厌。爱拿表面的浮华来攀比，原是出自争强好胜的天性，所以只要

---

　　①　《我所见过的大阪及大阪人》：作者于1932年在《中央公论》2月—4月号连载的随笔。

与这个目的不相匹配，便绝不恣意浪费，所谓的"不在无用之处浪费一分钱"说的就是这种作风。她并不是那种心血来潮就挥金如土的女子，而是首先考虑其用途，其次力求取得效果，就这一点而言可说是非常理性的打算。而有的情况下，她的争强好胜反倒变形为贪欲。比方说向弟子收取每月授课费和拜入师门时的礼金，作为一个女师父，本应收取和其他师父相当的数额，而她自视甚高，要求弟子交纳与一流检校同等数额的酬金，并且分文不让。如果仅是如此倒也还好，可她连对中元岁暮时节弟子赠送的礼物也多有干涉，希望他们尽量多送一些，并极其执拗地暗地里显露此意。其时，有位盲人弟子因着家境清贫，每个月经常迟纳授课费，中元节也送不出体面的礼物，为表达心意，只买了一盒白仙羹①送给春琴，并对佐助陈诉苦情道："请您务必怜悯我家贫困，代我向师父转达心意，还盼师父大人大量，宽恕于我。"佐助也对他深表同情，便诚惶诚恐地向春琴转达了他的心意，并准备为他辩解几句，此时春琴脸色一沉，道："我不厌其烦地啰唆要收取酬金和礼物，也许看在别人眼里都以为我贪得无厌。其实并非如此，我不在乎钱多钱少，但至少须得定出一个大概的标准，不然这师徒礼仪岂非形同虚设？这孩子不仅每个月都在授课费上出岔子，今日还

---

① 白仙羹：以红豆、面粉、寒天、蛋白等为原料制成的大阪传统日式点心。

带来这么个白仙羹充当中元赠礼，此番行为，便说他是无礼至极、瞧不起师父，亦毫不为过。既然家境清寒至此，想要于艺道一途有所成就我看也是缥缈无望。当然，根据情况以及个人的天分不同，我也不是不能免费教授，但这仅限于前途光明、得万人称赞的麒麟儿。一个人若能战胜贫苦、成为独当一面的名家，应是天性就与别人不同，仅凭耐性和热心是走不远的。这个孩子除了脸皮很厚，没有别的可取之处。我不觉得他在艺道上会有什么指望，眼下却盼着我怜他家贫，真是自负得不知天高地厚。与其做事不上不下，总给别人添麻烦、处处丢人现眼，不如现在就干脆果断地放弃这条路子。大阪城里有的是好师父，如果他还想学琴，让他自己随便挑一处拜入门下便是了。我这个地方，就请他到今日为止吧，以后不用再来了。"

春琴言已至此，无论弟子怎么向她道歉，她也恍若不闻，最终果然将这个弟子辞退了。倘若某个弟子给她送来厚礼，哪怕授课态度严格如她，那一天也会对这个弟子和颜悦色，说些言不由衷的褒扬之词，倒让听的人浑身不自在。只要提起师父的夸赞，大家都觉得很可怕。因着这种情形，春琴对每位弟子送来的礼物都要挨个亲自检查，甚至还要打开点心盒确认一遍。关于每月的收支，她向来是将佐助唤到面前，让他当着自己的面拨打算盘明确结算。她对数字非常敏感，精于心算。听过一遍的数字，轻易不会忘记。米店的支出是多少，酒铺的支出是多少，乃至两三个月以前的数目都记得准确无误。她的奢侈是种极端利己的行为，正因为自己耽溺于奢华，所以必然会在别的地方把这些开支扣回来，于是算来算去，最终还是让用人来承担。在她家里，春琴一个人过着贵族般的生活，却强行要求佐助以下的所有用人过得极其节俭，因此大家的生活相当寒碜，恨不得将指尖伸到火上，代替蜡烛燃火照明。她甚至十分在意每日消耗的米粮，连做的饭是多了抑或少了都要说道。用人们吃不饱，却也只得在背地里埋怨道："师父曾说'连黄莺、云雀都比你们这些人忠心'。这也难怪，毕竟比起我们这些人，那些鸟儿反倒得师父器重得多。"

父亲安左卫门在世时，鵙屋家每个月都按照春琴要求的数目送钱过去。父亲去世之后，长兄继承家业，春琴就不能这般那般地大肆要求了。今日闲暇自适的富家女子行事奢靡似乎算不得稀奇，但在从前，便是男子亦不能如此挥霍。在富裕人家，越是坚循礼仪规范的旧式家庭，越是在衣食住行各方面慎戒奢华，以免有所僭越而招致非议，不愿与暴富者为伍。由于春琴身体不便，又没有其他乐趣，爱女心切的父母便允许春琴过着如此奢侈的生活。轮到兄长持家，耳中总会传入一些指责，便给她规定了每个月最大限度的开销数额，在这以上的要求则不会应允。或许她的吝啬也与此有关。好在家里给她的钱足够维持生活，甚至还有盈余，因此教授琴曲等收入是多是少都无太大影响，而她也才敢对弟子摆出趾高气扬的态度。其实春琴门下的弟子不过寥寥数人，空闲时间她便沉迷于逗鸟寻乐。不过无论是生田流的古琴还是三味线，在当时的大阪论起来，春琴都算第一流的名手。这绝非仅是她个人自负盛名，但凡看事公平之人，皆对此十分认同，即使是那些对春琴的傲慢深恶痛绝的人，也在心底嫉妒或敬畏她的琴艺。笔者认识的老艺人，有一位说他在青年时代常听春琴弹奏三味线。他本是弹奏净琉璃的三味线，与春琴的流派自是不同，然而他说近年听人弹奏地呗的三味线，只觉找不着一位能弹奏出春琴那样玄妙的琴音。另外，团平年轻的时候也曾听过春琴的演奏，感叹道："可惜了，若此人生作男子，弹奏太棹①，必当成为声闻遐迩的名家。"按团平之意，太棹是三味线艺术的极致，非男子不能穷尽其妙。不知他是因春琴天赋异禀却生而为女子有所叹惋，还是感念春琴将三味线弹出了男子的气度。据上面的那位老艺人说，他背地里听着春琴弹奏三味线，恍觉音声清澄，似是男子所奏。那音色缭在她指尖不仅和美华艳，且时时于无端的变化里飞出沉痛哀婉之声。于女子来说，春琴确是一位少有的妙手。倘若春琴为人处世谦和有度，少一些锋棱，其名必定显

① 太棹：为人形净琉璃的义太夫节伴奏时使用的粗棹三味线。

贵。她生于富庶之家，不解世道艰辛，随心所欲，任性而行，终为世间敬而远之。同时又因才华所累，四处树敌，埋名一生。这固然可说是她自作自受，却不能不视为不幸。拜入春琴门下的弟子都是早就仰慕钦佩她的实力、一心笃定若要拜师则非她不可的人，为着磨炼琴技，他们甘愿承受她苛刻的鞭挞，哪怕挨打受训也从不推辞。尽管事先已做好各种觉悟，然而能长久坚持下去的人少之又少，多数半途而废。初学者没有经验，连一个月也坚持不了。其实，春琴的教导模式已超出了鞭挞的范畴，往往发展为恶意的刁难痛责，甚至带有嗜虐色彩。这大约也因为她怀抱着几分名人意识。即是说，既然世间习俗允许师父这样做，而弟子又早有觉悟，越是这样刁难弟子，她便越觉得自己能成为名家，逐渐变本加厉，终于到了无法自控的地步。

鸭泽照说她的弟子真的少之又少，其中有些人来学琴，却是为了一睹师父的美貌。那些经验尚浅的弟子大抵是这种人。春琴生得美，未婚，又是富商家的小姐，遇上这种事再正常不过。说起来，她对待弟子峻烈严苛，实则也是逼退这些半怀戏谑之心的色胚的手段，可讽刺的是，这样做反而为她提升了人气。不妨试着胡乱推测一番，便是那些技艺娴熟的内行弟子，也多少有那么几个想要自目盲美貌师父的鞭挞中，品味某种不可思议的快感，比起学艺修行，这种待遇显然更具备吸引力，就如同让-雅克·卢梭①一般。现在我要讲述降临在春琴身上的第二桩灾劫。由于传记刻意回避关于此事的明确记载，所以没能准确指出这桩事件的起因及加害者，着实有些遗憾。最为接近事实的解释是，恐怕正是上述种种缘由，为春琴招来了门下某个弟子的深切怨恨，终至让她遭受了对方的报复。此处能够想到的一人，便是土佐堀的杂粮商美浓屋老板九兵卫的儿子利太郎。这位少爷自来是个轻浮浪荡的主儿，同时自夸精通艺道，也不知是什么时候进入春琴门下学习三味线的。仗着父母家产丰厚，不论去哪里都摆出商铺少主人的姿态，气焰嚣张。他将同辈的师兄弟视为自家店铺的伙计，目中无人。春琴心中也很不喜欢这个弟子，可他送礼十分阔气，这一招对春琴着实奏效，她没法拒绝，只得小心应对。然而，这位少爷逢人便吹嘘："你们都觉得师父如何如何厉害，可她对我也得青眼相待。"他格外看不起佐助，非常讨厌佐助代课，若不是春琴授课，他就片刻不肯安分。面对他的肆无忌惮，春琴也大为光火。这时，他的父亲九兵卫为颐养天年，选择了"天下茶屋"这么一块闲静的好去处，修葺草堂，隐居度日，

① 让-雅克·卢梭（1712—1778年）：法国启蒙思想家、哲学家、文学家，一生感情经历复杂坎坷，形成了独特的爱情观并具有受虐倾向。

并在庭院里植了十几株古梅。某年阴历二月，九兵卫在此处摆出赏梅宴，邀请春琴前去做客。这次宴会的负责人是少爷利太郎，又另外请了一些帮闲、艺伎来助兴。不用说，春琴照例由佐助陪同前往。那天，利太郎及其帮闲不停向佐助劝酒，使得他十分为难。近来他陪师父晚餐时小酌，渐渐地也能喝上一些，但酒量依然不大。若在别处，没有师父的允许，他是滴酒不沾的。这会儿他担心喝醉了无法担起为师父牵手引路的重要职责，便假装喝酒，想敷衍过去。不料利太郎眼尖，发现后道："师父，要是没有师父您的应允，佐助就一口酒都不肯喝。今儿不是赏梅吗，让他轻松一天总可以吧？如果佐助醉得东倒西歪，这里还有两三个人想为您牵手引路呢。"利太郎扯着嗓子纠缠过来，春琴苦笑道："算了，算了，少喝一点也是可以的。你们不许把他灌得太醉了。"她不过见机行事随便应付了一句，利太郎等人得了允许立刻得寸进尺，你一个我一个地过来劝酒。尽管如此，佐助仍然不敢掉以轻心，差不多七分的酒都被他倒进了洗杯器里。听说那天赴宴的帮闲、艺伎们久仰春琴其名，在亲眼目睹了女师父的芳容后，更是啧啧称奇，即便年华不再，她的美依然如同暮春的花事无章法可寻，众人皆惊叹于她的艳姿和她的气韵。也许是因为他们揣测了利太郎的心思，为讨其欢心故意恭维奉承。当时春琴已经三十七岁，而看上去的确比实际年龄要年轻十岁，肌肤白皙剔透，衣襟口

60

的那点春色似不容逼视，令人背脊处攀起一股寒气。一双莹润光洁的素手恭谦地放在膝头，那张目盲的脸孔微垂着，艳丽如幻，吸引了在座所有的视线，令人目眩神迷。滑稽的是，当大家前往庭院漫步的时候，佐助也牵着春琴来到梅花林里，一边慢慢地走着一边对她道："师父，这里也有梅树。"他领着春琴在一株株古梅前停下来，握着她的手让她抚摸树干。大抵盲人不通过触觉确认事物的存在，便难以确切体认，所以春琴便养成了欣赏花木以手抚触的习惯。眼见春琴用她的纤手不时抚摸着古梅佶屈粗糙的树干，一个帮闲阴阳怪气地道："哎呀，真是羡慕这棵树呢。"一个帮闲挡在春琴面前，模仿梅枝做出疏影横斜的异样姿态，道："俺就是梅树哇。"惹得众人齐声大笑。其实这些是他们表达心意的方式，出于对春琴的赞美，并无侮辱的心思。但是春琴对这种花街游里的恶俗玩闹很不习惯，心里极不舒服。一直以来，她希望自己受到与目明之人一般无二的对待，厌恶遭人歧视，这样的玩笑自然让她震怒无比。入夜以后，酒宴重开，却是换了另一间日式客厅。有人对佐助道："佐助，你应该也累了吧。俺来照顾师父。那边已经准备好了，你去喝一杯再来。"佐助也想趁着自己还没有被众人灌酒，先填一填肚子，于是退去另一间屋子提前用晚饭。就在他准备用饭之际，一位上了年纪的艺伎拿着酒瓶过来，出乎意料地缠上他，念叨着"再来一杯，再来一杯"，为此他耽误了好些时间。吃过饭后，却没有人来唤他，佐助便在房间里等候。这时，不知客厅里发生了什么，只听春琴道："叫佐助过来。"利太郎硬是挡在她面前，道："要是去洗手的话，俺陪您去。"说完将她带去走廊，大约还握着她的手。春琴强行甩开他的手，道："不了，还是叫佐助过来。"末了站在原地一动不动，这时佐助闻声赶来，一看春琴的脸色便知情况不妙。春琴心想要是因为这件事，此人以后不能出入自家大门便再好不过。哪知这色胚明知已被她无视，却仍不罢休，第二日照常恬不知耻若无其事地跑来练琴。这一回，春琴一反常态，毫不客气地严格教授，并对他道："既是如此，我便也认认真真来教教你。若你当真受得了此种修行，就给我老实地受下去。"春琴的突然袭击让利太郎不知所措，咬着牙日流三斗汗，喘不过气来。从前他自鸣得意，被大家阿谀恭维的时候琴技还过得去，一旦被恶意满满地挑刺，简直漏洞百出，加上春琴毫无顾忌的怒骂，他终于无法忍受。原本他就是假借练琴实则别有所图，如今日渐怠惰，态度也蛮横起来。不论春琴多么热心地教授，他总是故意胡乱弹奏一气，惹得春琴大骂他"笨蛋"，有一次将手中的琴拨扔出去，弹回来时划破了他的眉心。利太郎大叫一声"啊呀，好痛"，擦掉额头上一滴滴淌下来的血，撂下一句"你给我记着"，便愤愤然从座位上起身离去，此后再也没有出现。

另有一种说法是，有人怀疑加害春琴的是家住北新地附近的一名少女的父亲。这名少女立志成为艺伎，本人也正在艺伎养成班接受训练，拜入春琴门下后，一直忍受着练琴的艰难困苦。有一天，春琴用琴拨打了她的脑袋，少女哭哭啼啼地逃回家中。伤痕留在额上发际处，她的父亲大发雷霆，直接找上门去。大约这位不是少女的养父，而是亲生父亲，只听他道："虽说是修行，但毕竟也是未成年的小姑娘，打骂好歹有个限度。这张脸蛋就是这丫头的资本，现在却留下了疤痕，别以为我会就这么算了。"他言辞激烈，引得向来反感被指手画脚的春琴极其不悦，反唇相讥道："我这地方就是管得这么严，既是到这里上课，又一点委屈都受不了，还练琴来做什么？"父亲听了也不服气，道："原本要打要骂都可以，可你眼睛既看不见，这么做就很危险，说不定不知道打在了什么地方，更不知道会造成怎样的伤害。盲人就该有盲人的做法。"看他的架势，大概下一刻真会动粗。佐助连忙介入调停，好不容易将场面压了下来，将他劝回家去。春琴气得脸色发青，全身颤抖，沉默不言，终是没有一句道歉的话。有人便说这名少女的父亲是因为自家女儿被春琴损了容貌，为报复她，才在春琴的容貌上动手脚，让她尝尝同样的滋味。不过虽说是发际，其实只在额心或耳后某处留下了一点伤痕。这位父亲因此怀恨在心，手段激烈地加害春琴，使她遭受终身毁容的惨烈灾劫，就算出于爱女心切的一时愤慨，这样的报复也太过执拗了。最重要的是，对方是个盲人。即使毁了她的美貌，对本人来说，也构不成剧烈的打击。如果目标只在春琴，那么还有别的更加痛快的法子。看来报复者的意图是，不只想让春琴一个人痛苦，更想让佐助承受比春琴大得多的悲痛，其结果是春琴会变得更加痛苦。如此想来，比起上述那名少女的父亲，利太郎的嫌疑更大。不知这种推测有几分接近真相。利太郎对有夫之妇的恋慕究竟含有多少热切，旁人无从得知，不过青春年少的男子，无论是谁，比起年纪小于自己的姑娘，对年长女子的美貌更有一种近乎迷恋的憧憬。大约利太郎在耽于酒色之际，觉得这个也不行，那个也不好，胡闹一番之后，竟然觉得目盲的美女最迷惑人心。也许起初动手调戏，只是出于心血来潮，不仅遭到春琴的断然拒绝，而且被她打得头破血流，这才心怀恶意地报复泄恨。然而春琴实在树敌太多，除了利太郎，也不知还有什么人因着什么理由对她怀抱怨恨，所以很难断定是利太郎所为。而且这桩事件未必就是痴迷女色造成的，也可能是金钱上的原因，前面已经提到过，穷人家的盲人弟子因赠礼而遭到她残酷对待的也不止一个两个。另有几人，虽不像利太郎那般厚颜无耻，却是嫉妒佐助得很。尽管只是一名牵手引路的侍从，佐助于春琴而言实在处于一种微妙的位置。时间久了，两人的关系无法隐瞒，门下弟子尽皆知晓。那些思慕春琴的弟子有的暗地里艳羡佐助能够近身陪伴春琴，有的则对佐助诚挚恭谨的侍奉模样异常反感。如果他是春琴的丈夫，或者至少受到情夫的待遇，他们也不会抱怨什么。然而他表面上不过担着牵手引路的职责，却从按摩到为她洗浴，举凡春琴周身的琐事皆一力揽下，看着他忠心侍奉忙里忙外，那些知情人大抵会笑至腹痛。不少人便嘲弄道："那种牵手引路，就算有一点点辛苦，我也可以做啊，有什么好佩服的。"于是他们将憎恨加注在佐助身上，想着如果春琴的美貌一夕之间迎来可怕的变化，这家伙不知会露出怎样的表情，他依然还会这样细致周到地侍奉春琴吗？这倒是值得一观啊。所以说出于这种"敌本主义"①的动机，他们会对二人进行报复也不是没有可能的。总之，关于这桩意外臆测繁多，真相迷离难判。另外还有一种有力的说法，站在完全出乎众人意料的层面，质疑加害者究竟是谁。有人认为加害者不是门下的弟子，而是春琴的同行劲敌，大概是某位检校，或某位女师父。虽说并无令人信服的凭证，但也许是最具洞察力的观察。春琴历来傲岸骄矜，在音曲之道上自诩第一，偏偏世人也有认可的意思，这无异于往同行琴师的自尊心

---

① 敌本主义：隐藏真实意图、声东击西的战略主张。典故出自日本历史上最为知名的政变"本能寺之变"。天正十年（1582年），明智光秀奉织田信长之命攻打备中毛利氏，却中途率军返回京都，告知部下"敌在本能寺"，起兵叛变，袭击当时正在本能寺的织田信长。

上狠狠划了一刀，并且让他们深感威胁。所谓"检校"，是往昔由京都开始下赐给盲人男子的一种崇高地位，允许他们穿戴特殊的服饰，外出乘坐车轿，与寻常艺人所受待遇迥然相异。倘或世人纷纷传言，这样的人其琴技也不如春琴，那么正因为听信了传言的皆是盲人检校，才会对她怀着强烈的怨恨，为了葬送春琴的琴艺和声誉，无所不用其极，包括想出各种阴险的手段。艺道上同行相轻，因为嫉妒而给对方灌下水银的事例屡见不鲜。春琴于声乐和器乐两项都很精通，因此有人会利用她爱慕虚荣、以美貌为傲的弱点，为了迫使她在公众面前再也无法露脸而让她毁容。如果加害者不是某位检校，而是某位女师父，那么想必春琴以美貌为傲这一点尤其招致她的怨毒，只有毁了春琴的容貌，她才能品尝那无上的快感。如此细数各种值得怀疑的原因，可知春琴处在迟早遭人攻击且誓不罢休的危险境地，因为她已在不知不觉间于四处埋下了祸根。

在前述天下茶屋的赏梅宴结束后，大约过了一个半月的三月晦日，夜里丑时，即凌晨三时左右，发生了那场灾劫。《春琴传》记载："佐助为春琴苦吟之声惊醒，疾奔向邻室，点上灯火察看。不知何人撬开防雨窗，潜入春琴卧室，觉察佐助赶来，不取一物，也未逃走。此时四周不见人影。贼人惊惶，抄起铁瓶朝春琴头部掷去。热水飞溅于春琴赛雪面颊，留下一点烫伤。不过白璧微瑕，花容月貌依然如故。此后春琴以面上些微伤痕为耻，常用绸巾覆面，终日笼居一室，不再现于人前。家人及门下弟子亦难窥其容貌，为此生出种种风闻臆说。"传记继续曰："盖负伤轻微，无损于天赋美貌。不愿与人相见，或是洁癖所致，视微不足道之伤痕为耻，实为盲人过虑之思。"又曰："不知何种因缘，数十日后，佐助亦为白内障所扰，视界顷刻变为暗黑。佐助只觉眼前蒙眬，渐渐无法分辨物体形状，迈着突然失明者才有的怪异步伐，来到春琴面前，狂喜叫道，'师父，佐助失明，一生再不会见到师父容颜的瑕疵。此时失明，恰逢其时，必是天意'。春琴闻言，怃然慨叹良久。"或许考虑到佐助的一片衷情，传记里不忍暴露事实真相，然而联系前后叙述来看，只能说是故意曲笔。他在此时偶然罹患白内障的说法令人难以信服，再者无论春琴的洁癖有多严重，又因是个盲人而如何过虑，倘若真是这么一处完全无损于美貌的烫伤，何至于需要头巾覆面，且不与任何人接触？真实情况应该是她的花容月貌已经被毁了。根据鸭泽照等其他两三位知情人的描述，贼人事先便潜入了厨房，生火烧水，再提着铁瓶闯入卧室，将铁瓶口对准春琴的头部，由上至下将滚烫的开水浇了她满脸。这便是此人最初的目的，并非普通的小偷盗窃，也不是狼狈之余慌不择路的行为。那日夜里，春琴完全失去了知觉，翌日清晨方醒转，而被开水烫至溃烂的肌肤需得两个多月才能完全结痂，可见伤势非常严重。有关春琴被毁容一事，流传着种种奇怪的说法。有人说她左半边毛发完全脱落，成为秃子。对于诸如此类的传言，恐怕不能视其为无凭无据的臆测予以排除。自那以后，佐助便失明了，当然再无机会目睹春琴的面容，传记上所写的"家人及门下弟子亦难窥其容貌"不知有几分真假。无论如何，春琴也不可能做到不被任何人看见。其实，像鸭泽照这样身份的女子不是没有见过其面容的。只是照女也尊重佐助的意愿，决不会将春琴容貌的秘密告诉外人。笔者曾试着向她打探这件事，她只说"佐助先生始终坚信师父是位容姿艳丽的美人，所以我也一直这样认为"。至于详情，她没有告诉我。

佐助在春琴去世十几年后，才对身边人讲起他失明的经过，当时的详细情形才逐渐为众人知晓。春琴遭遇恶徒袭击的那晚，佐助如往常一样睡在她房间隔壁。他听见响动便醒了过来，因为有明行灯①已经熄灭，一片漆黑中只闻呻吟之声。佐助惊得跳了起来，点上灯后，提着行灯来到屏风对面春琴的寝床前。描着泥金绘的屏风反射出行灯微弱的光影，佐助借着行

---

① 有明行灯：日本古代照明器具，行灯的一种，在四方形或圆筒形木框外敷上纸灯罩，装油燃火后可亮至天明。

灯明灭不定的光辉环视室内，四周并不显得凌乱，只是春琴的枕边扔着一只铁瓶。春琴安静地仰卧在被褥里，不知何故辗转呻吟。佐助起先以为春琴被梦魇着了，便走到她枕边，轻轻推了推，想要唤醒她，道："师父，您怎么了？师父。"这时，春琴不由自主地"啊"了一声，双手捂住眼睛，呼吸艰难地道："佐助，佐助，我现在被害得不成样子了，你别看我的脸。"她一边痛苦地说着，一边挣扎着不住挥动双手，试图举臂格挡。佐助道："师父，您放心，我不会看您的脸，我已经闭上眼睛了。"说罢，将行灯拿走。春琴听完，紧绷的情绪似终于坍塌，人亦昏厥过去。此后她便始终不醒，却于半睡半醒间梦呓般反复道："这件事一定要保密，不许让任何人看见我的脸。"佐助安慰她道："您别为此事担心，待烫伤治好后，您便能恢复从前的容貌。"春琴却道："这么严重的烫伤，哪里能够不改变容貌。那些安慰的话我不想听。还有，你不许看我的脸。"随着神志逐渐恢复，她便好像只懂得这么说，除了医生，连对佐助也不愿意露出负伤之处。换药换绷带的时候，她将所有人都赶出了病房。如此说来，佐助也只是在那天夜里赶到春琴枕边时瞥见了她被烫得溃烂的脸，却是不忍直视，转瞬背过脸去。在摇曳不定的灯影里，他以为自己所见的不过是一抹不属于人世的妖异的幻象。后来他常常看到的，也只是从绷带间显露的鼻孔和嘴。想来正如春琴害怕被人看见一样，佐助也害怕看见她的脸。每当他靠近病榻，总是尽量闭上眼睛，或是移开视线，所以他其实并不知道春琴的容貌是怎样一点一点发生改变的，他主动避开了知道的机会。因着养护有效，春琴的伤势渐渐好转，有一日，当病房里只有佐助一人侍奉在旁的时候，春琴苦闷地问道："佐助，你看过我现在的脸吧？"佐助道："没有，没有。师父既已说了不能看，我又怎会违背师父的命令？"春琴道："过不了多久，这伤便会好了，绷带也必然要拆掉。医生不会再来。别人我可不管，只有你，你不得不看到我的这张脸。"许是因为受挫，一向好胜的春琴神情沮丧，流下眼泪。她就着绷带不停按着双眼拭去泪水。佐助无限黯然，也不再说话，只陪着她落泪，声音压抑似呜咽的兽，接着他如同承诺般道："我必会做到不看您的脸，请您放心。"那以后又过去数日，春琴已能起床下地走动。伤口也愈合得差不多了，可以随时拆下绷带。便是在这样的情况下，某日清晨，佐助从女侍房间里悄悄拿了她们使用的镜台和缝衣针，端坐在寝床上，对着镜子，将针刺入自己的眼睛。他并不晓得用针刺入眼睛就会失明，只想尽量用一种不怎么痛苦又简单的方法让自己再也看不见。他试着用针刺了刺左边的黑眼珠。然而瞄准黑眼珠后，仿佛很难刺入。相较于更难刺入的坚硬的眼白，反是黑眼珠比较柔软，他又刺了两三回，终于巧妙地刺入了两分左右。只闻扑哧一声，眼球忽然被白茫茫的浑

70

浊笼罩，他知道自己正渐渐失去视力，可这会儿既没有出血，亦没有发热甚至痛楚的感觉。想是由于水晶体组织被破坏造成了外伤性白内障。接着，佐助用同样的方法将针刺入右眼。据说双目于瞬间被刺伤后，短时间内仍能影影绰绰地分辨出物体的形状，在接下来的十天之间才会完全失明。没过多久，春琴起床走出来。佐助以手摸索着去了里屋，跪在春琴面前，叩首道："师父，我也已经成为盲人了，这一生再也不会看见您的脸。""佐助，你说的是真的吗？"春琴问出一句，以长久的沉思默默接受了这个事实。佐助便知，有生以来从前往后，再也没有比这沉默的数分钟更为淋漓的欢喜。昔日那恶七兵卫景清①，眩惑于赖朝②英俊的面容，甚至为他断绝复仇的欲念，发誓此生再不看他的脸，又那般决绝地剜掉了双眼。佐助的动机虽与景清不同，心志间弥漫的悲壮却是一样。然而，春琴于佐助之所求便是如此么？前些日子，她同佐助说话时落了泪，莫非便在暗示"既然我已遭受这桩灾劫，那么也请你变为盲人吧"？关于这层意思，佐助实难忖度，却是自她那句短短的疑问——"佐助，你说的是真的吗"——闻听出某种战栗般的愉

①　景清：即平景清（生殁年未详），平安时代末期平家武将，一生传奇，因勇猛善战，人称"恶七兵卫"。

②　赖朝：即源赖朝（1147—1199年），平安时代末期源氏武将，镰仓幕府初代将军，日本幕府制度的建立者。

悦。两人相对无言，一种盲人独有的第六感在佐助体内逐渐萌芽，他当然会意，春琴心中充溢的是对他的感激，只是感激，除此以外再无其他。从前他与她的关系禁锢于两条脆弱的肉身，她是他的师父，他是她的弟子，心被阻隔在别处，比遥远更远。而现在，它们汇为一物，似拥抱，似唯一。记忆复苏，他也回想起少年时代躲在壁橱里那个全然黑暗的世界练习三味线的自己，此刻的心境分明已与当时截然不同。大凡盲人对于光线只有方向上的感知，因此他们的视界处于一种单薄的微明里，并非绝对暗黑。佐助知道，如今他以失去外界之眼为代价，打开了内界之眼。啊，原来这便是师父所处的世界，它如此真实不虚，他想自己终于能够同师父置身同一个世界。衰竭的视力已让他无法分辨房间的样子以及春琴的身影了，唯有被绷带裹住的那张容颜映在视网膜上，隐约泛着微微的白。他甚至不认为那是绷带，而是两个月前师父莹润至圆满、白皙至剔透的脸庞，它浮荡在柔和的光圈中，如同来迎佛①一般。

"佐助，不痛吗？"春琴问。"不，不痛。与师父遭受的大难相比，这点小事算不得什么。那天夜里，恶徒潜入，师父遭

---

① 来迎佛：指有德之人发愿往生极乐世界，临终时有菩萨及圣众等前来相迎。常见于净土宗经论。

此灾劫，我却一无所知，竟还睡着，怎么想都是我的过失。明明您每晚让我睡在您的隔壁房间，便是为了防止意外。如今我惹出这样大的事，令师父痛苦，若自己仍安然如故，则无论如何无法释怀。我希望遭受报应，于是向神明祈求，'请赐予我灾劫吧，这般下去，如何对得起师父'，继而朝夕跪拜，精诚所至，终究得偿所愿。今晨醒来，双眼已看不见了。一定是神明怜悯我的意愿，圆了我的所求。师父，师父，如今我能看见的只是这三十年来刻印在眼底的令人怀念的容颜，再也见不到师父改变后的面容，请像从前一样无须挂怀，让我留在身边服侍您。可悲的是我失明不久，也许动作举止没法如从前一样，做事更不够灵活，但至少请不要让别人照顾您的日常起居。"这时，佐助感觉一束微白的光晕投射过来，晓得它就来自春琴那缠裹着绷带的脸庞，便抬起失明的双眸迎上去。春琴道："我很欢喜，因为你竟为我下了这样大的决心。真不晓得有谁恨我至斯，才让我遭遇此劫。若是问我心里话，如今这个样子，让别人看见其实无所谓，唯独不愿让你看见。想不到这一番心思，终究被你察觉了。"佐助答道："啊，谢谢师父。能听见师父这样说，我很开心，这种开心，是用这双失明的眼睛也无法换取的。那个家伙试图让师父和我成日悲叹、陷入不幸的境地。我不知道他来自何处、姓甚名谁，但如果损毁师父的容貌是为了叫我为难，那我不看师父的脸便是。我成为盲人的话，师父可权当没有遭遇此劫，他费尽心思的一场恶意谋算便形如泡影。想来这与那家伙所料的完全不同，真的，我非但没有不幸，反倒觉得再也没有什么能比此刻更加幸福。我们将计就计，已经让那个卑鄙的家伙企图落空、大吃一惊了。只要一想到此，我的心里就很痛快。""佐助，什么都别再说了。"盲人师徒相拥而泣。

二人转祸得福。对他们日后的生活状况最为熟悉并且健在的人，只有鸭泽照了。照女今年七十一岁。明治七年①，她满十二岁的时候以内弟子②的身份住进春琴家里。照女一面跟随佐助学习丝竹之道，一面在两位盲人之间充当联络员的角色，只是谈不上牵手引路而已。因着一位是突然失明，另一位虽说自幼便已目盲，却早就习惯连筷子都不用亲自拿起的奢侈生活，所以无论如何也需要照女担负起某些职责，以第三者的身份介入协调。他们希望雇用一个值得信赖、不必在意形式的姑娘。而照女自被采用以来，为人忠诚厚道，深得二人信任，他们也很喜欢她，便留了她长久地服侍。据说春琴死后，她便随侍佐助身侧，直到明治二十三年③佐助获得检校官位为止。明

---

① 明治七年：公元1874年。

② 内弟子：住在师父家里，一边帮忙处理事务，一边学艺的弟子。

③ 明治二十三年：公元1890年。

治七年，照女初次来到春琴家，其时春琴四十六岁。距离她遭遇那场灾劫已经过去九年，而她亦缓缓老去。她告诉照女，因着情况不便，她的脸不让人看，更不许任何人看见。她时常穿着双层纹羽①的被布②，坐在厚实的坐垫上，以浅黄泛灰的绉绸头巾覆面，只露出鼻子的一小部分，头巾两端垂在眉间，此外她也将脸颊与嘴都遮盖起来。佐助刺瞎双眸是在四十一岁那年，在人生的初老之期失明，想来于他只意味着诸般不自由，而他一面这样"不自由"着，一面体贴入微地照顾春琴，不让她感觉丝毫不便。这般模样映在旁人眼里，却是更加令人同情。春琴将更衣、沐浴、按摩、如厕等依然交由佐助侍奉，对别人的服侍并不满意，并说自己身边的日常琐事，明眼人是做不好的。因着长年的习惯，只有佐助最熟稔。于是，照女极少直接接触春琴的身体，比起留在春琴身侧，不如说她的主要职责是帮佐助处理身边杂务。只是若无她照顾二人饮食，是怎样也不成的。除此之外，照女仅须搬一搬必用物品，间接协助佐助服侍春琴。比方说，春琴入浴之时，她随二人行至浴室门口，然后退下，待听到浴室内响起拍手声，再入内迎接。进去时，春琴已经沐浴完毕，穿好浴衣③，戴上了头巾。其间须做

---

① 纹羽：一种质地粗糙、起柔软绒毛的棉布。
② 被布：穿在和服外面的防寒用外衣。
③ 浴衣：日本传统服饰，指供夏季穿着的薄款轻便和服。

的一切，皆由佐助一人负责。盲人为盲人冲洗身体会是怎样的光景？也许是难以名状的费力，如同从前春琴以手抚摸古梅树干那样。况且若万事皆按此番步调，实在琐碎至极，令人不忍多看，只觉这样竟然还能坚持下去，却不知当事人享受的便是那种"费力"。周遭一切淡静无言，包括那细微交织的爱情。一双失去视觉的男女手持彼此的爱慕，却不得不在触觉的世界里探抚它、享受它，远非我们的想象所能及。佐助对春琴献身般的侍奉，春琴怡然的接受、渴求以及期许，这样的两个人对彼此毫无倦怠，倒也没什么好奇怪的了。除了陪伴春琴，佐助还要抽出余暇教导许多弟子。他授课的时候，春琴便独自留在屋子里。她将教导弟子的事宜完全交给他，连同"琴台"这则雅号，因此"音曲指南"的招牌上，"鵙屋春琴"的旁边添有几个小字"温井琴台"。左右近邻早为佐助的忠义与温顺所感，甚是同情他，所以如今门下比春琴时代要热闹得多。有趣的是，佐助教授弟子之际，春琴一人待在里屋，聆听黄莺啁啾的啼音，可偶尔有些事必须依靠佐助之手完成，她也不管外面正在练琴，便"佐助佐助"地唤他，佐助便会放下手头所有事务，立即赶去里屋。为此他须时时留在春琴身边侍奉，不能出门授课，只在家里教导弟子。此处需要多说一句的是，当时道修町的春琴本家鵙屋店铺已是家道中落，原本每月寄来的生活费也常有中断。若非迫不得已，佐助何须辛苦地教授音曲，且如同一只独翼鸟，忙乱中抽空飞往春琴身畔，授课的时候亦是心神不宁？而春琴大约有着同样的忧思。

佐助继承了师父的工作，尽管能力有限，却也维系着一家的生计。而他为何不同春琴正式结婚呢？或许是春琴的自尊心至今仍旧抗拒着这桩婚姻吧。据照女听佐助亲自对她说，眼见春琴日益消沉，他感到悲哀，却无法将她视作一个遭遇堪怜、引人同情的女子。毕竟佐助自己已是盲人，对现实世界闭上双眼，转而飞身扑入永劫不变的观念境界。存留在他视野中的，只是过去那个记忆的世界。假使春琴因着遭受灾劫而性情大变，那么这个人便也不再是春琴了。他心心念念的，永远是那个骄矜倨傲的春琴，若非如此，此刻"映现"在他"眼中"的春琴的美丽容颜即会遭到破坏。这样看来，反倒是佐助，比春琴更不愿意结婚。因为现实中的春琴是佐助用作唤起意象中的春琴的介质，所以他避免自己与她形成对等的关系，不仅恪守主仆礼仪，甚至比从前更加卑谦地侍奉她，竭力使春琴早些遗忘不幸，取回昔日的自信。如今他依旧同往常一样，甘愿领受菲薄的薪酬，过着与粗使用人一般无二的粗茶淡饭的生活，将全部收入供给春琴花销。另外，为了削裁开支，他减少用人数量，诸凡省俭，而那些能为春琴带来慰藉之事，则无一懈怠。因此，佐助目盲以来反倒比从前更加操劳。据照女所说，当时众弟子见佐助穿着实在寒酸，觉得甚是可怜，有人曾暗示他修整一下仪容，而他不予理会，且至今禁止弟子称他为"师父"，只叫"佐助"便可。大家难以接受，往往多加留意，尽量避免称呼其名。唯有照女因职责所需，难以和别的弟子一样，通常她称春琴为"师父"，又习惯性地称佐助为"佐助先生"。春琴死后，照女成为佐助唯一可得聊天的对象，因着这样的关系，两人一得机会便耽溺于春琴尚且在世的日子，耽溺于往昔的记忆。过了几年，佐助成为检校，无须顾忌谁，亦有资格被众人称为"师父"或"琴台先生"，而他依旧喜欢照女称他为"佐助先生"，不许她使用尊称。他曾对照女说："大约所有人都认为失明真是一件不幸的事，而我自目盲之后，从来无缘品尝这样的情绪。相反，我觉得此一世界化作极乐净土，仿佛只有我与师父两人在世间活着，高居莲台之上。究其原因，许是失明后，看见了许多眼明之时未曾见过的事物。也是在失明以后，我才能够如此深切又安静地注视师父的容颜。我晓得她是美的，晓得她的手与足踝洁白滑腻，肌肤柔嫩光泽，且她的声音悦耳清脆，在我尚能视物时对这一切从未有过如此细致的体认，着实不可思议。尤其是，失明后我第一次真正意义上体味了师父弹奏三味线时的绝妙琴音。虽然从前我常说师父是此道天才，然而等到今日终于参透那琴音的珍贵。同师父的琴艺相比，自己的琴技实在不够纯熟，我惊异于师父同自己的云泥之别，而荒谬的是从前竟对此一无所察。当省悟到自己有多愚蠢，即便神明将光明归还，我也一定会拒绝。不论师父还是我，正是目盲使得我们品味到了眼明之人无法知晓的幸福。"佐助所说终究属于他的主观认知，其中有多少与客观一致，尚且存疑。别的姑且不论，以那次遭难为契机，春琴的琴艺有了显著精进却是不争的事实，因为无论她在音曲一道上如何天赋异禀，倘若不尝尝人生的辛酸苦涩，便很难了悟艺道之真谛。她自幼娇惯，待人严苛，不知人间疾苦，不曾遭受屈辱，也没有人折损过她骄傲的羽翼。然而上天给予她酷烈的试炼，让她仓皇徘徊于生死的边界，并彻底碾碎她的自负与傲慢。从各种意义上来讲，毁损她容颜的那场灾劫成为一帖良药，于恋爱也好，于艺术也罢，教她抵达了从前在梦中未曾触及的三昧妙境。照女时常听见春琴为消磨漫漫时光独自抚弄的琴音，也时常看见佐助垂首身旁侧耳聆听，将整副心神换了全情与沉醉。不少弟子听见从里屋泻来的精妙琴音，纷纷讶然，喃喃道，那三味线莫不是有什么奇异的构造。那些年，春琴不仅苦练拨弦技巧，于作曲一面亦是灌注无限心思，常在深夜悄悄用指尖拨弄琴弦串缀乐音，仅照女记得的曲目便有《春莺啭》与《六瓣飞花》。前些日子，我曾请照女弹奏给我听，从中足以窥见作曲家身份的春琴所展露的天赋，那是一种无人可替的独创性。

春琴自明治十九年①六月上旬患病。病前数日与佐助去了庭院，打开鸟笼，放飞心爱的云雀。照女眼见这对盲人师徒牵着彼此的手仰望天空，云雀的啼鸣从遥远天际传来散落耳边，而后频频啼鸣，越飞越高，终是钻进云层再也不见飞回。由于耽搁太久，两人焦躁地等待了一个多小时，云雀却终于没有飞回笼子。从那以后，春琴开始快快不乐，不久便罹患脚气病性心脏病，时至秋日，病笃，十月十四日，因心脏麻痹离世。除了云雀，春琴还养着第三代天鼓。在她死后，天鼓依然活着。佐助长久与悲伤为伴，每当听闻天鼓啼鸣，则流泪不止。若得空暇，他会在春琴灵位前沐手焚香，用古琴或三味线弹奏《春莺啭》。这首曲子大约是春琴的代表作，倾注了她无尽的心血，开头一句是"缗蛮黄鸟，止于丘隅"②，唱词虽短却配有格外复杂的手事。春琴便是听着天鼓的啼鸣构思出曲调。那手事部分的旋律自深山雪融的初春开始，有莺鸟婉转啼哭，泪似冰冻，此日欲消。③其后几处涨水，在东风的殷殷造访下，溪流潺潺的水意、松籁缠绵的轻响，皆一波一波朝山野逼去，红梅云蒸霞蔚，满山都是冶艳的花影，幽香有燎原之势，每一寸山谷，

---

① 明治十九年：公元1886年。

② 此句形容黄莺啼鸣之美，语出《诗经·小雅·鱼藻之什》。

③ 出自《古今和歌集卷一·春歌上》中"莺鸣冰冻泪，此日应消融"一句（中文取自杨烈译本）。

80

每一枝树梢，似都布下莺鸟隐约的心事。春琴生前弹奏这首曲子时，天鼓亦闻之起舞，欢快清鸣，意与三味线的琴音一较高下，是否还会想念它出生的故乡溪谷，以及满山满谷无限疏朗明媚的日光呢？如今换为佐助弹奏《春莺啭》，不知会将神思安置何处。他习惯透过触觉的世界凝视意象中的春琴，或者也是凭借听觉弥补观念境界的缺陷吧。于寻常人而言，只要尚未失去记忆，便能在梦境与故人重逢。可对佐助来说，他只能在梦中见到尚且在世之人，也许就连何日便是死别亦不甚确定。

顺便说说，除了前文提到的那个孩子，春琴与佐助还生有二男一女。女儿刚出生便夭亡，两个男婴被送去了河内的农家。春琴死后，佐助似对两个孩子毫无眷恋，并不打算将他们领回，两个孩子也无意回到盲人生父身边。因此，佐助晚年无子嗣，亦无妻妾，生活起居全由门下弟子看护，于明治四十年[①]十月十四日，恰逢"光誉春琴惠照禅定尼"忌辰这天去世，享年八十三岁。自春琴离去后，在二十一年漫长孤独的余生中，他也曾虚构出一个与往昔的春琴全然不同的春琴，并且在时光长河的流逝里注视她，令这一形象越发鲜明。据说天龙寺[②]的峩山

---

① 明治四十年：公元1907年。

② 天龙寺：位于京都市右京区，临济宗天龙寺派大本山，创建于公元1339年，京都寺院五山之首，毗邻岚山，是京都有名的观光地，1994年登录为世界文化遗产。

和尚①听闻佐助自残双目，曾赞赏他于转瞬之间断绝内外、化丑为美，能悟此禅机，则非达人所不能为。不知读者诸贤以为然否。

---

① 峩山和尚：桥山峨山（1853—1900年），京都人，临济宗僧侣。

阴翳礼赞

现如今，讲究建筑之趣的人若是打算修筑纯日式风情的屋舍居住，会煞费苦心地思考电灯、瓦斯、自来水等的安装方式，想尽办法使其与日式房间的风格相协调。这种风气，使得没有修筑房屋经验的人，踏足可招艺伎前来的料理屋、旅馆里的日式风格房间时，也常留意其装潢布置。那些特立独行的雅士，将科学文明的恩泽置之度外，专在偏僻乡野建造草庵式居所，此种情况另当别论。假设拥有相当数量的家人，又身居都会，那么无论怎样坚持于日式风情的屋舍，对于现代生活所必需的取暖装置、照明、卫生设备，都不能弃之不顾。然而，对此格外讲究的人会连安装一部电话机也劳心费神，竭力选择不大碍眼之处，诸如扶梯底，或是走廊一隅。此外还会将庭园里的电线埋于地下，室内开关隐入壁橱地柜，电线则安置在屏风背后。如此考虑再三，导致神经紧张行事过头，反而令人不胜其扰。事实上，我们的眼睛对电灯等设备早已习以为常，与其勉为其难地将它藏起来，不如加上旧式乳白浅口玻璃灯罩，大大方方露出球形灯泡，反倒显得自然素朴。傍晚，透过列车玻璃窗眺望田园风光，每见竹篱茅舍的农家纸拉门上映出电灯一星半点的淡暖光晕，整颗灯泡笼在旧式浅口灯罩中，我便觉得无限风雅。然而一旦涉及电风扇，不论声响还是外观，皆与日式房间的古雅风格难以调和。若在普通家庭，嫌弃碍眼大可不必使用。换作旅馆、饮食店等隶属服务行业的人家，又兼盛夏时节，则不能顺应主人心意，一味投其所好。我的朋友偕乐园主人①格外讲究屋舍布置，对电风扇嫌弃已久，客室内从不置购，每年夏天引来客人抱怨无数，最终只好违心地装上。至于我自己，早年耗费与身份并不相符的重金修筑宅第，亦曾有过相似的经历，譬如对门窗、障子②及摆设器具的细枝末节斤斤计较，终至进退维谷不知所措。就拿一扇障子来说，在审美层面我是不想嵌入玻璃的，倘若完全贴以和纸，又对采光上锁造成不便，万般无奈下只得在障子内侧贴上和纸，外侧镶嵌玻璃。为此门框必须做成双层，费用随之增加，而即便用

---

① 偕乐园主人：作者的朋友笹沼源之助，在东京经营中华料理店偕乐园。

② 障子：日式纸拉门，在木格的两面糊上半透明的和纸做成。有采光、通风、划分室内空间等作用。

心至斯，从外面看来也不过一扇玻璃门，自屋内望去，和纸背后又分明藏着玻璃，与真正的和纸障子相比，缺少温软柔和的韵致，往往令人心生嫌恶。早知如此，真不如做成单纯的玻璃门。此刻尽管后悔，也知道换作看见别人这么做，我只会一顿嘲笑，然而轮到自己，若不亲自这样尝试一次，总是不能心甘情愿地放弃。近来电灯等家用器具花样繁多，有行灯式①、提灯式②，亦有八方式、烛台式，风格与日式房间协调，市面上多有贩售，我大都不喜，便前往旧家具店搜罗昔时使用过的煤油灯、有明行灯或枕行灯③，装入灯泡改良一番。采暖设计也煞费苦心。这么说是因为，我至今未曾寻到一款与日式房间风格相符的暖炉。此外，瓦斯暖炉火苗太旺，会发出声响，假使不附带烟囱，便会立竿见影地引发头痛等问题。而免去这层烦恼的电气暖炉，外观同样缺乏情趣。而如果在地柜中埋入类似电车上使用的发热装置，不失为一计良策，可惜不见炉火，到底让冬日特有的氛围丧失殆尽，也不便于家人围坐取暖。我绞尽脑汁，做出农家常有的大暖炉，试着在其中接入电热丝，

---

① 行灯式：行灯是日本古代照明器具的一种，在立方形或圆筒形的木框外敷上纸罩，于其中放置灯台油皿，燃火照明，多放在室内或吊挂在墙上。

② 提灯式：提灯是日本古代照明器具的一种，在球形、圆筒形或枣形的木框外敷上纸罩，点蜡烛照明，多为夜间出行时随身提携。

③ 枕行灯：一种放置在枕边的小型行灯。

这样烧水或取暖都很适用，除去费用较高，至少在样式上让人满意。无论如何，采暖问题总算顺利解决，接下来颇为苦恼的是浴室与厕所的设计。偕乐园主人十分讨厌在浴缸和水槽处粘贴瓷砖，故此以纯天然木材建造浴池供客人使用。从成本与实用性等方面考虑，瓷砖的优越性不言而喻，不过假如天棚、梁柱、板壁都使用日式材料，而某一部分突兀地闪现瓷砖夺目的光泽，便会毫不留情地破坏整体美感。新建之初尚且可观，年深日久，当梁柱板壁上渐渐现出木纹的古旧韵味，唯独瓷砖又白又亮闪闪发光，简直如同嫁竹于木般毫不相称。浴室设计为着审美而牺牲几分实用性无可厚非，一旦遇上厕所问题，情况便越发棘手起来。

　　我每次前往京都、奈良的寺院，看到别具往昔风情、光线昏暗却打扫得格外干净的厕所，总会深切感受到日本建筑特有的难能可贵。茶室固然幽静雅趣，不想竟连日式厕所也建得如此安适惬意，慰藉人心。这类厕所往往在远离本堂、飘散着青叶绿苔幽香的花木荫下辟出空间建造，沿着回廊走去，埋身于薄暗中，有微明的天光经障子反射八面来袭，这时沉入冥想，望着窗外一庭深谧之绿，心情莫可名状。漱石先生①曾说，每日清晨如厕是自己的一大乐事，不妨视为某种生理的快感。我以为，在品味这种快感的同时，还能细细打量四周闲寂的墙壁、清晰的木纹，看着湛蓝天空下青叶铺满庭院，这样理想而恰到好处的场所，除却日式厕所，不作他想。这里需要反复说明的一点是，一定程度的薄暗，彻底的清洁，连同耳边蚊虫飞鸣衬托出的安静寥落，皆是此种享受的必要条件。我喜欢置身这样的厕所，聆听淅淅沥沥的细雨声。值得一提的是关东地方的厕所，地板嵌有便于扫除垃圾的细长窗子，从屋檐或绿叶上滴落的碎雨洗净石灯笼的底座，沾湿了踏石边的绿苔，潜入泥土润物细无声，似又噪起天地间的幽微之音近在耳畔。这里宜虫鸣，宜鸟啼，宜月夜，更宜四季物哀之美的吟诵，或许古时那些俳句歌人便是从此处获得无数题材。厕所可以说是日本建筑中第一风雅的所在，我们的先祖赋万物以诗情，又将宅第中最不洁的场所一变而为风流雅致，以花鸟风月为介，溯回往昔，时含眷恋。相较西洋人，还是日本人更加聪慧敏悟，尽得风雅真髓。如果硬要指出美中不足之处，便是距离主屋稍远，夜里往来不方便，冬季尤怕感冒着凉。不过正如斋藤绿雨②所言，"风流即幽寒"，那种场所偏是要与室外同样寒凉

---

① 漱石先生：即夏目漱石（1867—1916年），日本著名小说家。代表作《心》《我是猫》《少爷》等。

② 斋藤绿雨（1867—1904年）：日本小说家、评论家、散文家。

才好，像西式酒店卫生间里充盈的暖气，便着实让人反感。那些对数寄屋①的建筑意趣情有独钟之人，想必对这种日式风情的厕所格外满意。如果宅第像寺院那样宽敞而人员不多，且打扫得十分细致到位，自然是不成问题，对一般家庭来说，其实很难时时维持那种清洁度。一旦把地板改为板壁或榻榻米，即便对此间礼仪极度苛求，勤于擦拭，脏污之处还是扎眼得很。于是，最后不得不贴上瓷砖，装上抽水式便器。种种净化装置，固然能保持清洁，省时省力，而代价是这里从此与"风雅""花鸟风月"彻底无缘。将好好一个地方变成明亮刺目、四方纯白的空间，便再难尽情享受漱石先生所谓的生理的快感。诚然，将厕所的每个角落施以纯白，看上去的确非常洁净，然而执着地把便器换成同样的颜色却是没有必要。美人如玉，若将臀部或双足裸露人前则显失礼，便器亦是如此，那种露骨的明亮着实显得毫无教养，正因为表面看上去十分清洁，反而让人对看不见的部分浮想联翩。所以说，厕所果然还是昏暗一些为好，笼罩在朦胧微明的光线里，清净与不洁界限模糊。出于此种考量，我在修建自家宅第时，虽然配备了净化装置，但是绝不使用瓷砖，铺的也是楠木地板，费尽心思营造出了念念不忘的日式风情，接下来却为便器大伤脑筋。

---

① 数寄屋：运用茶室建筑手法建造的日式住宅样式，巧妙利用障子实现光与影的转换，拥有素朴风雅的意趣。坐落于京都市西京区的桂离宫即是数寄屋样式最具代表性的建筑。

如您所知，抽水式便器的材质都是纯白陶瓷，附有闪闪发光的金属把手。在我的构想中，无论男用还是女用，其材料都以木质为佳。打蜡后固然更加结实，但直接使用本木不加修饰更好，随着时日流逝，木料自然变得黝黑，木纹也更富韵味，与人不可思议的安然之感。尤其是在木质便器中填充青绿的杉叶，不仅赏心悦目，而且能吸收多余的杂音，确是十分理想的做法。按照我的规划，家里不至如此奢侈，却也要根据自己的喜好打造便器，并尽量与抽水功能相结合。然而果真实施起来，我却发现既麻烦又费成本，最终不得不放弃。那时候我便想，照明采暖也好，便器设计也罢，我不反对运用现代文明利器对其进行改良，既然如此，却为何不能稍微重视一下我们的习惯与审美情趣，投其所好地来一场风雅的改良呢？

行灯式电灯的流行，源自我们重新忆起了"纸"所具备的柔软与温润，并且意识到它比玻璃更适宜装饰日式风格的屋舍。不过便器与暖炉就没有那么好运，至今我仍未在市面上发现有与日式房间相匹配的。我觉得自己设想的那种接入电热丝的暖炉，与日式房间最为调和，可似乎没有谁愿意花一点工夫做出来试试（倒是有一种很寒酸的电热火盆，并不适合用作采暖设计，不过是普通火盆而已），目前市面上出售的暖炉大多做成西洋风，不甚雅致。当然，像这样在衣食住行的细枝末节留心用力，讲究情趣，实在有些奢侈。有的人认为，能御寒充饥具备实用性最重要，外观样式完全不在考虑范围内。事实上，不论人怎样逞强，"雪降之日天气寒"，既然眼前有可供取暖的器物，只管为我所用受其恩泽就好，哪里还有心思顾及风雅不风雅，这是无可奈何之事。每当我见到这样的情景，常常想，如果东洋从未因循西洋，而是钻研出独属于自己的一套科学文明，那么我们的社会形态定然会与今日迥异吧。例如，我们拥有自己的物理学、化学理论知识，在此基础上发展科技与工业，那么日常生活里的各种器械、药品、工艺品等都会更加契合我们日本人的国民性。不，或许就连物理学、化学的理论知识本身，也会得出与西洋人全然相异的见解，对光线、电流、原子等事物的本质及性能的认知也与如今书本上传授的截然不同。我对这些学科理论并不大懂，只是模糊地做此设想，如果实用领域的发明在独创性上亦不落人后，那么仅凭这一点，足以改变衣食住行的样式，甚至对我们的政治、宗教、艺术、实业等形态产生广泛影响，而东洋亦能为自己开创一片新天地。这些都不难推论。举个微不足道的例子，过去我曾在《文艺春秋》①上撰文，将钢笔与毛笔做了一番比较。假设钢笔是从前日

---

① 《文艺春秋》：1923年，由日本剧作家菊池宽创刊、文艺春秋社发行，后逐渐从散文杂志转型为综合杂志。

本人或中国人设计的，想必笔尖会变成毛笔那种样式，而非现在的钢笔尖。墨水也不会是蓝色，而会使用接近墨汁的液体，能从笔管慢慢浸透至毛尖。至于书写用的纸张，如果还是使用西洋纸就不太方便，考虑到量产问题，与和纸纸质相似的改良半纸①最能满足需求。由于使用纸墨毛笔之风大盛，钢笔和墨水就不会如今日这般流行，顺理成章的，人们也不会频繁倡导使用罗马字，转而对汉字和假名更有感情。不仅如此，就连我们的思想、文学亦无须效仿西洋，或许早已向着更具独创性的新天新地突飞猛进。按照此种想法，便是小小不起眼的文房用具，也能带来无边无垠的影响。

上述种种不过小说家的空想，我很明白，时至今日要重新来过是万不可能的。自己提到这些不过痴人说梦、借题发挥乘机抱怨而已。抱怨归抱怨，总之不妨来看看，相比西洋人，这些做法害得我们有多得不偿失。总而言之，西洋是借由他们自己的那套理论知识，顺其自然发展到今日的境地，我们则是中途遭遇了这种优秀的文明，不得不将其归为己用，代价便是此一行进方向，与过去数千年来开辟发展出的前进之路南辕北

辙，由此引发各种障碍和不便。而倘若从一开始就对我们放任不管，那么此时的物质生活水平也许和五百年前并没有什么不同。实际上，去印度、中国的乡野田间看看便知，那里的人们还过着与释迦牟尼、孔子时代一般无二的生活，那种方式显然更贴合他们的性情，虽然缓慢，却是实实在在进步着，终有一日，会寻到属于自己的文明利器，这些利器不会像今日的电车、飞机、收音机一般是向他人借来之物，而是真真正正契合自己生活方式的东西。简单说来，以电影为例，美国电影在明暗、色调的处理上与法国、德国是不同的。撇开演技和脚本不说，仅是拍摄方面，就能显出国民性的差异。即便使用同一种拍摄器材、药水、胶片，拍摄出来的画面效果也大不相同。而如果我们日本也拥有原生拍摄技术，真不知会拍出何种影像，想来与我们自己的肤色、容颜、气候风土很是相符吧。再以留声机和收音机为例，若它们由日本人发明，必定可以很好地烘托我们的声线，表现出日本音乐独具一格的美。原本我们的音乐便是一种克制的、注重情绪的表达，录成唱片，或使用扩声器播放，其魅力会大打折扣。再看讲话艺术，我们习惯轻言细语，最重要的是说话时尤其讲究"停顿"，一旦辅以器械，这种"停顿"便被填塞得满满当当。于是我们变本加厉地改变、扭曲自己的艺术形态，而这么做仅仅是为了迎合器械。这些器械是西洋人的发明，也是在他们手里发展为如今的模样，当然同其自身的艺术形式相得益彰。从这一点来看，我们着实在很多领域得不偿失。

我听说纸是中国人发明的。西洋纸于我们而言，除了实用性一无是处，唤不起任何情感层面的触动。唐纸①、和纸则不同，凝视着纸张的纹理，能感受到沉淀其中的温润，一颗心便静下来。同为白色，西洋纸的白与奉书纸②、白唐纸③的白是不一样的。西洋纸表面滑腻反光，奉书纸和白唐纸的纹理状若初雪，柔软蓬松，将光线静静吸入，更兼触感柔和，折叠时不会发出声响，如同轻触草木之叶时感受到的那种沉静安详。毕竟面对闪闪发光的事物，我们难免雀跃浮躁。西洋人的餐具也喜好使用银、钢铁、镍等材质，并且时时拂拭，维持光鲜亮丽的外表，那种闪烁的光泽恰是我们厌恶的。诚然我们也会使用银质的水壶、杯子、酒瓶等，但绝不会擦得那般耀目，反倒喜欢它们黯然、黝黑带着时光痕迹的朴素模样。不谙个中门道的女

---

① 唐纸：平安时代（794—1192年）从中国传入日本，纹样华丽，有一定厚度，主要应用于屏风、障子等的制作。一说也包括其后经日本改良、模仿唐纸造出的和唐纸。

② 奉书纸：使用优质楮进行抄纸制成的纯白色和纸，纹理细腻，无褶皱，是最高级的公文书用纸。

③ 白唐纸：产自中国福建省、以竹为原料制成的竹纸，纸呈米白色，分为一番唐纸、二番唐纸、白唐纸，白唐纸是用二番唐纸漂白制成。

侍，手脚勤快地将好不容易染上锈迹的银器擦得光芒四射，结果引来主人一顿训斥，这样的例子不论在哪个家庭都能见到。

近来，中华料理的餐具一般使用锡制品，或许中国人爱的便是它蕴含的古色古香。崭新的锡制品与铝制品很像，给人印象不大好，因此中国人若是不把它们变成有年代感的雅致之物，使用起来便总觉得不舒服。他们还在表面镌刻诗文，待餐具用得黝黑，便散发出一股清雅合衬的味道来。即是说经过中国人的把玩，锡这种原本单薄闪亮的轻金属，也似朱泥①那般拥有深邃的内涵，变得敦实厚重起来。中国人还喜欢赏玩玉石。那种石块浑浊得异常巧妙，似将几百年的古老空气浓缩其中，并且在玉石深处，刁钻地透露出一丝沉且钝的幽芒，大概只有我们东洋人能够感知其魅力。它的色彩既不像琥珀，也不像绿宝石，更不似金刚石那般闪烁其泽，我们自己也不明白何以对它眷恋至斯，只是凝视着它沉浊的肌理，便觉得它属于中国，也确然是中国的石头，那些文明的残骸堆积在层层浑浊中，裹挟着漫长的往昔，明白了这一点，便很好理解何以中国人对那种色泽与质感爱不释手。再说水晶，最近从智利大量进口的水晶，与

---

① 朱泥：紫砂红泥的一种，含铁量极高，是上等的制陶泥料。也指以朱泥为陶土烧制的赤褐色无釉陶器。

日本的相比，他们的过于干净剔透，而我们从前有一种甲州①产水晶，透明中微微透着浑浊，有种沉甸甸的质感，被称作草入水晶②，内里混合着某种不透明的固态物质，最是讨人喜欢。还有玻璃，诞生于中国人之手的乾隆玻璃，与其说是玻璃，不如说近似于玉石或玛瑙。玻璃制造技术很早便传入东洋，却没有像西洋那般兴盛发展，反而是陶器制作大放异彩，这实在同我们的国民性有很大关系。我们并非厌恶一切闪闪发光之物，不过相较于浅薄的光辉，更偏爱沉实阴翳之物罢了。无论天然的石块，还是人工之器物，我们喜欢的都是那缕能让人想起岁月的光泽、泛着微微浑浊的幽芒。所谓的"岁月的光泽"，说白了其实是"手垢"的光泽。中国人称之为"手泽"，日本人则叫它"惯驯"。长年累月用手抚摸碰触同一个地方，那里因皮脂汗渍的渗入，变得滑滑的，且富有光泽，因此说它是"手垢"亦不为过。如此看来，同"风流即幽寒"一个道理，"风流即浑浊"这样的警句亦是成立的。不可否认，我们所钟情的那种"雅致"里，多少包含着不洁、非卫生的成分。西洋人很

①　甲州：甲斐国的别称，源自日本旧国名，现山梨县境内，日本有名的水晶产地，县内以甲府市、甲州市、甲斐市等地为中心的水晶加工工艺闻名全日本。一说特指位于山梨县东北部的甲州市。

②　草入水晶：晶体中含有形似草叶的绿色或茶色针状结晶矿物质，故名草入水晶。

乐意将污垢连根拔除，与之相反，我们东洋人不仅珍之重之，而且加以美化，不服输地说一句，我们喜爱的就是残留着人体污垢与被油烟、风雨侵袭之物，以及所有可能令人联想起它们的光泽，住在这样的宅第里，环视屋中的此类陈设，会领悟一种奇妙的安详平和。我始终觉得，既然服务于日本人，那么医院墙壁的颜色，包括手术服、医疗器材，就不应该一味闪闪发光纯白无垢，暗一些、柔和一些或许会很不错。假如把墙壁改为粗糙的砂壁，让人躺在日式房间的榻榻米上接受治疗，那么患者的心情便能平静下来。我们之所以讨厌去看牙医，一个原因是不喜欢听到器材发出"嘎吱嘎吱"的响声，另一个便是病室里玻璃、金属制的反光医疗器材太多，令人望之生畏。我罹患神经衰弱最严重的一段时期，曾拜托一位从美国归来的牙医为我诊治，对方向我夸耀他拥有的那些最新式医疗设备，我却被它们吓得毛骨悚然，于是选择了坐落在乡野繁华小镇的牙医诊所，房子是日式民居风格，设有手术室，飘散着落后于时代的古旧气息。不过也得承认，那些古色古香的医疗器材确实会带来不便，倘若近代医学技术成长于日本，那么无论设备还是器材，都会结合日式房间的风格来设计，以便与之相调和吧。这便又是一个为借来之物所扰，得不偿失的例子。

京都有家颇负盛名的料理屋，名为"草鞋屋"。直到最近为止，此间客房并不使用电灯，而是燃起古意盎然的烛台照明，于是烛台亦成为料理屋的名物。今年春天，我再次前往那里。因为很久没有来过，不知何时烛台已被行灯式的电灯所取代。我问他们是何时变成这样的，回答说是去年开始就这么做了，很多客人抱怨烛火不够明亮，万般无奈之际只得换为电灯。若是客人执意觉得过去那样更好，他们也会将烛台单独送去客房。不过，既然今次前来就是为了重温这些烛台，我便问料理屋要了搁在房间里，此时，真是要感叹日本的漆器之美。正因笼罩于微明的光线中，方才显出一种真正的凄美。"草鞋屋"的日式客房是一间四铺席^①的小巧茶室。壁龛柱子、天棚皆泛着黝黑的光泽，即便点着行灯式的电灯也稍显暗淡。换作烛台，那种幽暗之感便越发深邃。在烛火明灭的阴影里，凝视着托盘和碗，发现这些漆器的光泽越发厚重，深如沼泽，与此前所见全然不同，我忽然明白，我们的先祖发现漆这种涂料，用它为器物上色，对其色泽赞不绝口继而爱惜赏玩，这些事其实绝非偶然。按友人萨巴尔瓦尔君的话来说，印度人至今仍不屑使用陶制餐具，多数时候仍使用漆器。我们与之相反，若非品茶或举行仪式，在托盘与汤碗之外，几乎只使用陶制餐具。提及漆

---

① 铺席：在日本，用"铺席"的数量来表示房间大小。一铺席的大小是 910 毫米×1820毫米，但根据地域及房屋构建方式的不同，尺寸有所差异。

器，大家便觉得粗鄙、毫无雅趣。我想其中一个原因是采光、照明设备带来的过分"明亮"破坏了漆器的美感。事实上，若不以"幽暗"打底，漆器之美便无从谈起。如今市面上甚至可以见到以白漆涂染的漆器，而从前的漆器多为黑色、茶色、赤色，是堆积着几许"幽暗"的色泽，周遭若有暗黑笼罩，它便从暗黑中点化而来，确切得像一场必然。相较之下，那些描着华丽泥金绘、闪烁着蜡泽的小匣、案几、搁板则浮艳花哨，令人心慌意乱，甚至感觉恶俗。假若以纯黑的幽暗为笔，将围剿在器物四周的空白逐层涂杀，借一缕烛光替代日色或电灯，诸般浮艳便会顷刻沉淀下来，变得古朴而厚重。古时工艺家为器物上漆或是描泥金绘的时候，必定埋首于昏暗的房间，寻求微光与器物色泽的平衡。毫不吝啬地使用金色，是因为考虑到器物于幽暗之中浮现的轮廓，以及反射烛光所呈现的效果。即是说，泥金绘并非暴烈明亮里一览无余的肤浅艺术，而是要与它一道投身幽暗，一点一滴接纳从暗黑底处透上来的似有若无的光明，看它将豪华绚烂的本体藏于其中，缓慢勾勒出莫可名状的余韵。那些隐在暗处的闪耀纹理，映衬着摇曳的烛火，昭示正有回旋之风在安静空间里不知所起，似诱人踏往冥想的邀约。倘若没有将漆器摆设在如此阴郁的屋子里，那片由蜡烛与油灯共同酝酿出的光怪陆离的梦之世界，那束经跳跃烛火拍打的夜的脉搏，一定会被削减至平淡无奇。而现在它们如同榻榻米上淌过的几条小川，汇入一方池泽，蘸着四下捕捉而来的灯影，在幽微的、明灭无定的传递里，为浓稠的夜色细致地描一片泥金锦缎。单是作为餐具，陶制品并没有那么糟糕，它不具备漆器的那种阴翳和深意，触感沉重冰凉，散热很快，不便保温，而且敲击时会发出脆噪的声响。漆器则不然，手感轻盈柔和，几乎静默无声。我很喜欢每次端起汤碗时，掌心感受到的汤汁重量，还有扑面的温热香气，就像捧着刚出生的婴孩，手心全是那具小小肉身的绵软柔嫩。可见我们至今仍使用漆器作汤碗，是很有道理的，任何陶器皆无法与之相提并论。最重要的是，揭开盖子，陶器中汤汁及其色泽一览无遗，而漆器汤碗的优点在于，揭开碗盖，慢慢品尝的同时，会在幽暗的碗底发现一些无声沉淀的汁液，色泽与漆器本身几乎无异。人们分辨不出那汤碗的微明深处隐匿了什么，只是感受着手心汤汁的轻晃，看得见碗沿沾着的细小水珠，热气便是从那处氤氲升起，通过它模糊地预感到即将入口的鲜美。与西洋人将汤盛在白色浅口盘子里的做法相比，这一刹那的心情全然不同，是神秘之一种，近乎禅机。

当我将汤碗放在面前，耳中钻入它细微的声响，犹如遥远某处的虫鸣，同时悄悄想象着接下来品尝的美味佳肴，总是感觉自己已达专一虚寂的三昧妙境。精通茶道之人，会通过煮茶时沸腾的汤水，联想到尾上①的松风而入无我之境，也许我的那种心情与之相似。人们说，日本料理不是用来品尝的，而是用来观赏的，不过当我看着汤碗，觉得它甚至也不是用来观赏的，而是一条通往冥想的路径，是幽暗空间里闪烁的烛光与漆器合奏出的无声之乐曲。从前漱石先生曾在《草枕》②中赞美过羊羹③的色泽，这样说来，那种深红之色不正带着冥想的意味吗？玉一般略微透明又稍显混沌的肌理，内里却似吸取了日光，包裹着梦幻般的微明，深邃且复杂，是西洋点心无法呈现的。相较于它，奶油是多么肤浅单薄之物。羊羹的那种色调，须搭配专门盛放日式点心的漆器，任它沉入幽暗深处若隐若现，越发具有冥想的气泽。把它送进口中，感觉含着的不是冰凉柔滑的羊羹，而是满室暗黑凝聚成的一块甘甜，旋即融化于舌尖。其实这块羊羹并不多么美味，是周遭的一切赋予它异样的深刻，让它别有不同。无论哪个国家，都会注重料理与餐具、墙壁的色彩搭配，而明亮的空间和白色的餐具，确然不适合日本料

---

① 尾上：山之峰，一说尾上是指位于兵库县加古川市的尾上神社，境内植有松树。

② 《草枕》：日本小说家夏目漱石于1906年创作的中篇散文体小说。讲述一名画工为寻求精神世界的桃花源，逃离城市，在远离俗尘的山村展开的一段旅程及情感经历，集中阐释了作者带有出世意味的文学观。

③ 羊羹：用红豆、面粉、葛粉制成的果冻状传统日式点心。

理，也令人食欲减半。比如我们每天清晨会喝的赤味噌汤①，想一想那种色调，便会明白这种从来都活跃在旧时光线薄暗的人家中的汤是多么的美。我曾出席某次茶会，席间端上一碗味噌汤，本是司空见惯之物，不知为何，在明灭烛火的映衬下，浑浊的褐色汤汁沉淀在涂着黑漆的碗底，我竟然觉得它不但鲜美而且另具深意。此外酱油也是，在京都一带，一般使用色浓味重的酱油搭配刺身、腌渍物和拌菜，酱汁黏稠富有光泽，呈现的阴翳之感与幽暗的空间颇为协调。另外，白味噌、豆腐、鱼糕、山药泥、白肉刺身等白色的食物，摆在光线明亮的房间里则黯然失色。还有米饭，必是要将它盛在闪烁着黑漆光泽的木质饭桶里，置于光线昏暗的房间中，才更显好看且牵动味蕾。猛然揭开盖子，新熟的洁白米粒吞吐出束束氤氲热气，含着米香闪闪发光，每一粒饱满似珍珠，任何一个日本人都会在此刻感受到米饭的珍贵。由此可知，我们的料理总是以阴翳为基调，在混沌深处同"幽暗"结下不可切分的因缘。

我于建筑全然是门外汉，据说西洋教堂之美在于它的哥特

---

① 赤味噌汤：以大豆、大麦和米为原料，加入食盐及大豆种曲发酵而成的调味料，呈赤褐色，比用大米种曲发酵而成的白味噌咸一些。赤味噌汤即用蔬菜、豆腐、柴鱼片、贝类等为底料，熬成高汤后加入赤味噌制成的日本料理。

式屋顶，又高又尖，直刺云霄。与之相反，我们日本的伽蓝①往往拥有一片巨大的屋顶，再将僧舍整体纳入它宽广深邃的幽暗之中。除却寺院，宫殿、民宅等皆是如此。外观上最为显眼的，总是瓦砌或茅草铺设的宽大屋顶，其下荡出一方浓稠的幽暗。有时候，明明是白天，屋檐下缭绕着洞穴般的幽暗，门窗壁柱几不可见。此种光景并非知恩院②、本愿寺③等宏伟寺院所独有，便是在草木深处的寻常农家也能见到。从前的大部分建筑，以屋檐为界，分为上下两部分，至少从外观来看，始终是上部的屋顶高高耸立，显得厚重、宽大。当我们修筑屋舍时，也总是率先搭起屋顶这把巨伞，在其洒落的大片日影中，在那片薄暗的阴翳里添砖造墙。当然，西洋风的屋舍并非没有屋顶，不过相较于遮蔽日光，它的作用更多是抵挡风雨，尽量不制造阴影，保证屋内采光充足，这一用意从外观来看显而易见。如果将日式屋顶比作一把伞，那么西洋建筑的屋顶则是帽子，而且是狩猎时戴的平顶圆帽。帽檐尽量做窄，以便内部充分沐浴在日光下。日式民居之所以拥有宽大的屋檐，大概同气

---

① 伽蓝：僧伽蓝摩的略称，音译自梵语，指佛寺。

② 知恩院：位于京都市东山区，净土宗总本山。创建于公元1234年，正式名称为华顶山大谷寺知恩教院。

③ 本愿寺：有西本愿寺和东本愿寺，皆创建于公元1272年。西本愿寺位于京都市下京区堀川通，是净土真宗本愿寺派本山，山号龙谷山。东本愿寺位于京都市下京区乌丸通，是净土真宗大谷派本山。

候风土、建筑材料等原因密不可分，比如既然不以炼瓦、玻璃、水泥修建屋顶，为抵挡斜风横雨，必定需要将屋檐做得深长宽大。对日本人来说，室内采光自然也是明亮好过昏暗，想来造出那样宽大的屋檐乃不得已而为之。美之一物，发端于日常。我们的先祖被迫居于光线昏暗的房间，又不知何时从周遭遍布的阴翳里发现了美，最终反倒为了营造这样的美感而对阴翳加以运用。事实上，日式客厅的美恰自这些阴翳的浓淡中生出，除此之外别无其他。西洋人总是惊讶于日式客厅的寡淡朴素，似乎这里毫无装饰，有的仅是灰色墙壁，这种认知无可厚非，根源在于他们并不了解阴翳之谜。除却宽大的屋檐，我们还在日照稀薄的房间外侧添加檐廊①，不遗余力地疏远日光，室内则设置障子，只放庭外的几丝光线微明地透入，又间接又钝重，正是光线担负起日式客厅所有美的要素。为了让这些柔弱、幽寂、虚幻的光沉静地渗进房间，我们特意选择色调暗淡的砂壁，避免它像贮藏室、厨房、走廊那样反光，因为一旦反光，这些细微光线里，柔和暗淡的意韵便消失殆尽。无论身在何处，肉眼映现的室外之光总是闪烁不定，形同虚幻，若它于黄昏色的砂壁上保留一抹稍纵即逝的残照，我们会转而玩味那种纤细的光亮。在我们眼里，砂壁上的微明或者说薄暗，

---

① 檐廊：传统日式民居中，附着在居室外侧的、细长的铺着木板的部分。

便是胜过一切装饰物的存在，它切实而鲜明，无论怎么看都不会厌倦。为了不破坏这种微明，砂壁上理所应当地涂着一层素色，此外没有其余任何修饰。每间日式客厅的底色有所不同，然而那种色差何其微小，几乎只有浓淡区分，并且取决于注视它们时那一瞬间的心境。透过砂壁上那些微小的色差，笼罩在屋内的阴翳再次映带出各自不同的色调。日式客厅里通常设有壁龛，装饰着挂轴与瓶花，此时它们卸下装饰的重任，转而为阴翳增添别致的深意。哪怕只有一幅挂轴，我们也格外在意它与壁龛是否调和，也即是否彼此映衬，视装裱技巧与字画巧拙同等重要，其原因便在于此。映衬得不佳，即使是名画也失去了挂轴原本的意义。反之，哪怕只是一幅普通平常的书画，只要与茶室壁龛、客厅氛围相合，也能成就它自己，为整间客厅增光添色，因为挂轴所使用的底纸、墨色、裱框裂纹处的古色古香，都与壁龛、日式客厅的暗淡光线无比契合。我们时常造访京都和奈良的名刹古寺，会发现寺院深处大书院的壁龛里，装饰着被视若珍宝的挂轴，而周围通常光线薄暗，以至挂轴上的图案也看不大清，只能听着工作人员的解说，循着渐欲消散的墨色的痕迹，大致想象画里精湛的笔触，然而这些模糊的古画把自己绝妙地安置在壁龛的晦暗里，于是所有图案的"不鲜明"皆不成为问题，甚至没有哪一种"不鲜明"会比它更加恰如其分。挂轴变作壁龛内部的一块平面，承接并挽留那些不可捕捉的脆弱之光，与砂壁有异曲同工之妙。这也是为何在选择挂轴时，我们如此看重它的年代与痕迹感。倘若年代不够久远，不论水墨还是淡彩，一不小心便会将壁龛的阴翳情致破坏殆尽。

倘若将日式客厅比作一幅水墨画，那么障子是墨色最浅淡之处，而壁龛则为墨色最浓烈的部分。我每次见到讲究风雅日式客厅的壁龛，便禁不住感慨果然还是日本人最能理解阴翳的神秘，最善巧妙地运用光线与阴影。因为这里没有其他繁复的装饰，壁龛里除却木材与砂壁构筑的一块凹形空间，便只有被导入其中的微光，以及它们贴出的朦胧暗影，然而当我们凝视横梁后方、插花周围和不同搁板下部的幽暗时，明知只是一抹空无的阴影，又感觉它似乎被亘古不变的闲寂所掌控，周遭空气无言，只是那样安静地沉淀。西洋人所说的"东洋的神秘"，大约指的就是这种令人不安的全然投身暗影的静谧，它亦是我们在少年时代，于茶室或书院的壁龛深处感知到的不可言说的忧惧与寒凉。那把神秘之匙位于何处呢？也许只是阴翳变出的一个魔法，倘若将角落里的阴影驱散一空，壁龛便会顷刻回归最单纯的空白。我们先祖的高明之处，便是他们能于虚无的空间，遮蔽光线，任意构筑一方阴翳的世界，赋予其间的壁画和装饰以妙然、以幽玄。看似简单，实施起来却不易。壁龛旁侧的窗户怎样雕镂，横梁后部的深度、壁龛地台的高度如何设置等无不煞费苦心。当我置身书院障子前那团淡白的微明，总会轻易忘记时间的流动。一如书院其名所示，原本在书院里设窗，是为方便人们在那处阅览书籍，不知何时它成为壁龛的采光通道，且多数情况下，用采光来形容并不准确，不如说是将侧面照来的室外之光利用障子过滤一番，削弱得恰到好处。另一方面，自障子内侧逆向射出的光线，则呈现出无比清寒幽寂的意趣。穿过走廊终于抵达这里的日光，好似失了所有活力，再也无法映照外物，只留一丝微明，将障子上的和纸映衬得更加苍白。我常常驻足在它面前，凝视着明亮却不刺目的和纸。大寺院的日式客厅，由于与庭院相距甚远，光线更显单薄，春夏秋冬，晴雨朝夕，只有那处的微明似乎永恒不变。还有那些障子上的纵行木格投射出的朦胧暗影，仿佛积满尘埃，永远停留在纸纹间，引来观者一阵讶异。这种时候，我往往一面眨着眼睛，一面惊叹这片梦幻的微明之境，眼前似乎罩着一抹混沌的浮游气团，视野模糊，它是光线经由淡白和纸的反射，撞上壁龛里浓厚的幽暗却无力驱散，反倒被其弹回，模糊掉明暗的限定后构现的一片昏惑世界。诸君走入房间，想必应当感受到，此处飘荡的光线与普通光线迥然不同，仿佛异样珍贵且厚重的成像。在这里，诸事万般皆不可知晓，譬如时间是怎样被拿起又放下，年月是如何潺湲地流动。再次走出屋子，成为白发苍苍的老者，这种对于"悠久"的敬畏，你一定也曾感同身受吧。

　　诸君前往这些大型建筑深处的房间，完全隔绝掉室外的光明，只是看着矗立在暗影中的描金障子或描金屏风，却又微妙地捕捉到几束遥远之外的庭院日光，或许也会感觉此种光束犹如某种梦幻的返照吧。如同夕暮时分的地平线，将微弱的金色光线投递进周遭的幽暗，此前我从未见过黄金能够呈现出这般沉痛之美。然后，我从这些障子与屏风间穿过，频频回首，随着步伐的移动，从正面到侧面，描金的纸面渐渐泛出巨大的底光。不慌不忙，缓缓闪烁，好像巨人变换面孔。有时候绕到侧面，会发现反射着晦暗光芒的梨地①描金，似从一场沉眠里苏醒，猛然绽放出焰火般的光华，如此晦暗的空间，竟然汇聚了这样多的光线，着实让人感觉不可思议。我终于明白，昔日人们为何要给佛像涂满黄金之色，又将金箔贴在贵人起居室的墙壁上。现代人居住在明晃晃的房间里，自然不懂体味黄金的这种美感。然而，从前的人居于昏暗的屋舍，不仅有感于斯色，而且熟知其实用价值。因为在昏暗的室内，它承担着反射光线

---

　　① 梨地：泥金绘的一种描金手法，用金色点出斑点后再罩漆，表面状似梨皮，故得名梨地。

的重任，即是说，人们并非奢侈地享用着金箔金沙，而是利用它的反射作用补足光明。这样看来，白银或其他金属制品褪色很快，而色泽持久的黄金却能长期肩负此项任务，照亮一室幽暗，被人们珍重以待。前面我曾说过，泥金绘适宜置身昏暗的空间细致观赏，其实不只泥金绘，在织锦上大量使用金银丝线也是同样的道理。最显著的例子莫过于僧侣身披的金线织花袈裟。今日城里的大部分寺院为方便香客朝拜，开放了本堂，并布置得格外敞亮，在那样一种花哨的明亮里，不论把袈裟披在哪位得道高僧身上，也很难令人肃然起敬。接下来，让我们列席某寺院按旧时礼仪举行的佛事，这时很容易体会老僧满是皱纹的肌肤，与佛灯的明灭、袈裟上金色的织纹多么调和，而现场气氛又是多么庄严肃穆。它和泥金绘类似，是将华丽的织纹隐于幽暗深处，唯剩金银丝线偶尔闪烁不定。我私心里时常觉得，或许没有什么衣服能像能乐①的演出服那样完美地映衬出日本人的肤色。不必说，能乐衣裳自是做得绚烂无比，大量使用金银丝线，穿上它们进行表演的能乐师也不会像歌舞伎②演

---

① 能乐：日本古典艺术表演形式，多戴上假面进行表演。2001年被联合国教科文组织列为世界非物质文化遗产。

② 歌舞伎：日本古典艺术表演形式，结合念白、音乐、舞蹈等诸要素进行表演。据传始祖为安土桃山时代出云国的巫女阿国。2005年被联合国教科文组织列为非物质文化遗产。

员一样在脸上涂抹白色的粉底，而是大方地露出日本人特有的红褐色或象牙色肌肤，这种魅力真是无与伦比。我每次去观赏能乐演出的时候，总是禁不住感慨万千。金银织物或是绣着刺绣的桂衣①非常衬托肤色，其他像是深绿色、柿红色的素襖②、水干③、狩衣④、纯白小袖、大口⑤等也十分匹配，若碰巧由貌美的少年能乐师穿在身上，则越发衬托其人容色焕发，灼灼其华，顾盼回眸间勾连出与女子全然不同的诡谲魅惑，难怪，旧时大名⑥领主会耽溺于宠童美色。就表演时代剧、舞蹈剧时所着的服饰来看，歌舞伎并不逊色于能乐，其感官魅力甚至在能乐之上，可如果经常观赏并加以比较，会发现事实刚好相反。初看似乎确是歌舞伎更加旖旎，富于情色，然而如今的舞台与从前不同，使用的是西洋照明方式，歌舞伎那种华丽的色彩便

---

① 桂衣：平安时代以来，贵族男子穿在狩衣里面的衣服。

② 素襖：日本传统服饰，直垂（上衣下裙裤式）的一种，本为平民的日常服装，后演变为武家便服。

③ 水干：日本传统服饰，狩衣的一种，本为下级官吏、地方武士及平民的日常服装，后演变为公家日常服装和武家礼服。

④ 狩衣：日本传统服饰，最初是野外狩猎时所着的服装，平安时代发展为公家便服，镰仓时代以后成为公家、武家的公服及礼服。现代演变为神社等神职人员的通用服装。

⑤ 大口：日本传统服饰，袴（宽松裙裤）的一种，裤腿宽大，束带（平安时代公家的公服）的下装部分，现代演变为能乐、歌舞伎演出时所着的下装。

⑥ 大名：日本古时对拥有大量土地、庄园或受封蕃国的领主的统称。

流于艳俗，令人厌倦，非但服饰，妆容亦是如此，美则美矣，却是出自化妆技巧的人工之美，缺乏天生丽质的纯然真实。反观能乐演员，无论容颜抑或颈项、双手，皆以本来面目登场，眉间天然一种妖娆，无所雕琢地映现在观众眼里。因此，能乐里的花旦与小生即便素颜出场，也总不会令观众失望，我们感知到的，是与我们拥有同样肤色的人，穿着武家时代华丽的衣裳，看似并不合身，却自有一股风姿卓绝。过去，我曾见金刚岩氏①扮演过能乐《皇帝》②里的杨贵妃，他从袖口露出的纤纤素手，至今让我念念不忘。我一面看着他的手，一面审视膝盖上自己的双手。他的手之所以那样美，是因为从手腕至指尖都渗透出一种微妙的律动，并具备独特的技巧，还有那罩在肌肤表面不知所起的光泽，如同自身体内部投射出来的一抹微明。然而那只是一双普通日本人的手，与此刻放在我膝盖上的这双手相比，肤色与光泽都没有太大不同。我反复对比着自己与金刚岩氏的手，不论对比多少次总是感觉不可思议，一旦置于舞台，那双手便同妖冶、同美艳为伍，而自己的手怎么看也只是平凡。这种情况不仅发生在金刚岩氏身上，举凡能乐，虽说露

---

① 金刚岩氏（1924—1998年）：这里指二世金刚岩，日本能乐师，其父为金刚流宗家初代金刚岩。

② 《皇帝》：观世小次郎所作谣曲。谣曲是日本古典艺术"能乐"中包含音乐要素的角色台词，以及对角色心理或相关情景进行描述的文字。

在衣裳外的肌肤只有极少一部分，不过脸孔、脖颈以及手腕至指尖，如果像舞台上的杨贵妃那样戴着面具，那么脸孔也要去除不计，而就是这些极少部分的色泽给人异常深刻的印象。金刚岩氏便是其中的佼佼者。大部分能乐师的手平日里与普通人无异，搭配现代服饰，也不会引人注目，然而一旦换上能乐服饰，站上舞台，其魅惑足以让人瞠目结舌。我要重申一遍，这种情况绝不仅限于美少年或美男子。比方说，日常生活中我们不会关注一个普通男子的唇，而在能乐舞台上，他深红潮润的嘴唇会比女子涂抹了口红的唇更显肉感的黏稠，也许这是因为能乐师为了唱歌，需要时时以唾沫濡湿唇部，但我认为还有其他原因。另外，扮演童角的能乐师面颊绯红，那种红分外鲜妍地牵引着视线。根据我的经验，当穿着底色为绿色系的衣裳表演时，这种效果最为显著，面容白皙的童角自不必说，实际上，肤色黝黑的童角其深红湿润的唇部反而更加显眼。究其原因，对肤色白皙的孩子而言，红白对比本就十分鲜洁，与暗沉色调的能乐服饰两相映衬则显得过分强烈，而皮肤黝黑的孩子脸颊呈现暗褐色，唇部的红润不会那么突兀，服饰与面容彼此辉映，暗淡的绿色与古朴的茶色相得益彰，令黄种人的肌肤尽显其妙，较之此前更加惹人注目。除了能乐，我不知道这种因色彩调和而生出的美，是否还存在于别处，如果能乐演出像歌舞伎表演那样，运用现代照明技术，恐怕上述美感会因无处不在的刺目光线灰飞烟灭。所以让能乐舞台服从于旧时的暗淡，实则是服从于无可违逆的法则，舞台建筑物也是越古旧越相宜。地板上含着自然的光泽，柱子板壁黝黑发光，从横梁到屋檐则一片幽暗，形如吊钟，罩于演员头顶，这样的舞台最适合诠释能乐。说起来，最近的能乐演出都在朝日会馆或公会堂举行，虽说没有什么不妥，但我以为，能乐固有的意趣已丢失了大半。

　　说起来，与能乐密不可分的暗淡，以及自这种暗淡中生出的美感，共同构筑出特别的阴翳世界，今日我们只能在舞台上一探其貌，而在过去，它如同日常生活的一个部分，因为能乐舞台上的暗淡，即是从前房屋建筑里的昏暗，能乐衣裳的花纹、色调也仅仅比当时的贵族与大名领主所着服饰鲜艳一点罢了。想到这里，我便禁不住心驰神往，过去的日本人，尤其是穿着战国①、安土桃山时代②华艳衣裳的武士，一定英姿飒爽，不知比今人风雅多少。能乐确然表达出了我国男性同胞最高形式的美，昔日征战往来的武士，风吹雨淋下，颧骨高耸，肤色

---

①　战国：日本战国时代，公元1467年至1568年之间，即室町幕府后期到安土桃山时代之前，应仁之乱（1467—1477年）后，各地大名崛起，群雄割据，是日本社会剧烈转型时期。

②　安土桃山时代：公元1568年（一说1573年）至1603年之间，织田信长、丰臣秀吉掌权的时代。

黝黑，身着底色相近且富有光泽的素襖、大纹①、裃衣②，浑身透出凛然的威严。观看并享受着能乐的人，或多或少也沉浸于追怀与联想，而舞台上色彩斑斓的世界一如往昔般存在，于是在欣赏演技之外，更多出怀古的乐趣。而歌舞伎的舞台则是一个充斥着虚伪的人世，与天然之美毫无关联。男性之美不必再提，便是女性之美，也已与昔日的女性之美大异其趣。能乐里，女性角色戴着面具，因此与实际生活隔着一段距离，而歌舞伎里的女角演员同样给人不切实际之感，这就得归咎于歌舞伎的舞台过于明亮了，在过去，近代照明设备尚未引进时，歌舞伎舞台尚以蜡烛、煤油灯营造稀薄光线的时代，那些女角演员的扮相或许更接近实际生活中的女性。有人说，近代歌舞伎表演很少能看到过去那种水平的女角演员，我觉得原因并非在于演员的素质或是容貌。倘若让从前的女角演员站在今日这种明亮辉煌的舞台上，她们一定也会显露出生硬的男性线条，而这种缺陷过去恰好被舞台特有的暗淡所遮蔽，看过晚年的梅幸③饰演的阿轻④一角，我更加深刻地意识到这一点，是那些无用

---

① 大纹：日本传统服饰，武家礼服的一种，饰有大型纹样的直垂（上衣下裙裤式）。

② 裃衣：日本传统服饰，上衣下裙裤式，江户时代作为武家公服、平民礼服。

③ 梅幸：这里指六世尾上梅幸（1885—1949年），五世尾上菊五郎的长子，本名寺岛幸三，是日本歌舞伎史上最重要的演员之一。

④ 阿轻：歌舞伎剧目《假名手本忠臣藏》的登场角色。

的过剩的照明，摧毁了歌舞伎表演的美。大阪的某位业内人士告诉我，直至明治时代，文乐座的人形净琉璃演出依然使用煤油灯照明，那时候的表演远比今日富有余韵袅袅。难怪我始终觉得比起歌舞伎的女角演员，还是人形净琉璃更能带来实感，原是因为它的舞台使用薄暗的煤油灯照明，掩盖了人形特有的硬直线条，刺目的白色粉底变得朦胧绰约，舞时带起柔和的情致。我幻想着那时舞台上绝伦的凄艳，背脊上不由得蹿起一股寒意。

如您所知，人形净琉璃的表演里，女角只露出脸部和手掌，而将身体和足部包裹在长长的裙裾下，人形师只需把手伸进人偶衣服里，做出各种动作。我认为这是最接近那时女性生活实际的表演形态，过去的女子似乎等同于衣领以上、袖口以外的存在，其余部分完全隐匿在幽暗中。那时候，中流阶层以上的女性深居简出，即便上街也会乘坐轿子，绝少抛头露面。大部分时间，她们都置身于光线昏暗的房间，无论昼夜，将自己全然深埋进幽暗之中，只用一张脸昭示其存在。至于衣裳，男性的服饰远比今日华丽考究，而女性的则变化不大。旧幕府时代商人家女儿与夫人的服装朴素得令人吃惊，那是因为在她们看来，衣裳不过是幽暗的一部分，是维系幽暗与容颜的介质，之所以发明出"铁浆①"这种化妆方式，不正是因为她们希望将脸孔以外的空隙全部填充为幽暗，甚至连口腔里也要含纳暗黑吗？若想同今日一样近距离观赏女性之美，便只能去岛原角屋②那种特殊的场所，实际生活中其实是见不到的。幼年时代，我曾在日本桥的家里见过做针线女红的姨母，其时庭院里光线昏暗，我看着她，大致已能想象旧时女子是何种模样。那是明治二十年代③，到那时为止，东京商人家庭一直都将屋舍建造在成片薄暗中，我的母亲、伯母，或是别的女性亲戚，但凡上了年纪，都会使用"铁浆"这种化妆方式。我不记得她们平日穿什么衣服，只记得外出时，她们会换上鼠灰色的碎花衣裳。母亲个子娇小，不足五尺，其实不只母亲，那时候的女子大多都是这个身高。不，极端地说，她们甚至并不具备肉体。我隐约记得住母亲的容颜、手足，关于她的身体，甚至一丝记忆也无。

---

① 铁浆：即"染黑齿"，是将烧过的铁屑浸泡在浓茶中，加入五倍子、酒、醋、米糠等出为黑汁，再涂在牙齿上的化妆习俗。起源年代不详，日本平安时代贵族间已流行，后普及至民间，当时也有部分贵族男子、武士以染黑齿为美。此习俗延续至江户时代，1870年政府颁布禁止令，后正式废止。现代多用于歌舞伎表演等舞台化妆，在花街和部分祭祀仪式上也能见到。

② 岛原角屋：京都岛原、江户（东京旧称）吉原、大阪新町是日本历史上最著名的三大花街，岛原位于现京都市下京区，角屋坐落于岛原，是可招高级艺伎前往陪客的茶屋，1952年被指定为日本的国家重要文化财产。

③ 明治二十年代：即19世纪80年代。

然后我想起中宫寺①观音菩萨的裸体塑像，那真是从前日本女性身体的典型形象，那薄如纸片的双乳，平似木板的胸部，还有比胸更加不堪一握的腰腹，没有任何凹凸的风韵，背脊到腰臀以平直的线条相连，同她们的容颜与手足相比，那副身躯纤细得不成比例，没有厚度，与其说是肉体，不如说是一根上下一般粗细的木棒。从前的女子大多都是这种身材，今日在旧式家庭的老妇人以及艺伎那里亦时有所见。每当我见到这样的女子，总会想起人形的芯棒。事实上，那具躯体只是一根为了撑起衣裳而存在的木棒，除此以外别无用处。构成这具身躯的无非几层单衣与棉料，剥去衣裳后，她们便与人形难看的芯棒别无二致。过去，人们觉得那样并无不妥，对那些居于幽暗的女子而言，只要有一张苍白的脸孔，身体似已没有存在的必要。而那些讴歌近代女性肉体之美的人，则很难理解古代女子那近乎幽灵的美感。或许还有人认为，那种用昏暗光线遮掩的所谓女性美，根本不是真正意义上的美。然而如前所述，我们东洋人偏爱在一无所有之处营造阴翳，继而创造出美。古歌唱道："结庐拾柴扉，散枝昔荒原。"我们的思维模式也是如此，美并非寄存于事物本身，而是藏匿在此物与彼物构筑出的阴翳之

---

① 中宫寺：位于奈良县生驹郡斑鸠町，圣德宗的尼寺。创建于公元621年，山号法兴山。

纹理与明暗之对比中。夜明珠藏入暗黑方能绽放光彩，宝石曝露于白日顷刻黯然失色，失去了阴翳的映衬，美便不再存在。即是说，我们的先祖视女性与泥金绘、螺钿器物一般无二，并且同幽暗有着千丝万缕的联系。那时的女子尽量将全身埋进阴影深处，用宽大的衣袂与长长的裙裾包裹手足，只在某个地方露出脑袋。那具扁平的身体，同西洋妇女的相比的确有些丑陋，然而对我们来说，根本无须在意那些看不见的事物。看不见的就当作不存在。若是有人执意想要正视那种丑陋，无异于在茶室壁龛里亮起明晃晃的电灯，亲手将幽暗笼罩下的美驱散一空。

然而，是否只有东洋人才会如此执着地在暗影中追求美？在西洋，即便是没有电气、瓦斯和石油的年代，孤陋寡闻如我，也未曾听说当时的人们对阴影有特别的偏好。自古以来，日本传说中的妖怪就是没有脚的，而听说西洋的妖怪虽然有脚，全身却透明。从这些细枝末节可以知道，我们的空想里总有漆黑的幽暗蛰伏，而西洋人甚至将幽灵想象为玻璃般的明亮之物。至于其他日用工艺品，我们钟爱的阴冷色调里堆积着大片幽暗，他们喜欢的却是明亮日光下的繁艳重叠。无论银器还是铜器，我们对附着其上的"锈迹"爱不释手，他们却视为不洁不卫生，一定要擦拭得闪闪发光才觉称心。房间天花板和四方墙壁涂为雪白，让所有朦胧暗影都远遁。我们的庭院深木遍植，亭亭如盖，他们的花园绿草茵茵，广袤若织。这些迥然不同的嗜好是如何产生的呢，我想大概是因为我们东洋人随遇而安，满足于当下，对阴暗之物不抱怨，对无奈之事不强求，倘若周遭流转着暗淡的光线，那便索性潜入幽暗深处，从中发掘别具一格的美。然而怀抱进取之心的西洋人，始终祈求万事更加顺遂，从蜡烛到油灯，从油灯到瓦斯，从瓦斯到电灯，他们对光明的追求似乎从无懈怠，用心良苦，哪怕一丝阴影亦要连根铲除。恐怕正是这种秉性的不同造就了相异的嗜好，不过在此基础上，我认为肤色的差别也是原因之一。自古以来，我们便以肤色白皙为贵、为美，并不嘉许黝黑肌肤，只是这种白皙与西洋白色人种的白不尽相同。如果以个人为单位进行观察，会发现有的日本人比西洋人更白皙，同样的也有西洋人比日本人要黝黑，所以白皙与黝黑得按具体情况而论。结合我的经验来看，从前我住在横滨的山手区，与居留地①的外国人朝夕相处，携伴同游。我参加他们的宴会或舞会时，得以近距离观察，发现他们的肤色并不如我以为的那么白皙，但从远处看去，他们

---

① 居留地：1858年，日本与美、荷、俄、英、法五国签订《安政五国条约》后，在横滨、长崎、神户、大阪、东京等地先后设立的合法外国人居住区，相关外国人在居住区内享有居住、贸易、治外法权等特权。居留地制度于1900年随条约改正的生效而被废止。

与日本人的差异又格外鲜明。有些日本女子肤色比他们白皙，身上的晚礼服更不亚于他们的华裳，然而远远望去，哪怕只有一位混入他们中间，也能很快被区分出来。这就是说，无论日本人多么白皙，那种白里都是带着阴翳的。为了不输给西洋人，这些女子从背脊到两臂直至腋下，凡是裸露的部位皆涂以厚重的白色粉底，可即便如此，也无法消除沉淀在皮肤底部的暗色。正如从高处俯视，清冽的水底一定沉积着污秽，整体来看，她们指间、鼻翼、脖颈、背脊等处留有朦胧暗影，积满尘埃。而西洋人表面看去仿佛透着浑浊，内里却明亮通透，体内没有一片不洁的阴影。浑身上下无不充溢着鲜亮的纯白之色。所以我们中哪怕只有一人加入他们的聚会，也会像白纸上渗透着一滴淡墨，我们自己看着也觉碍眼，不大舒服。这样想想，似乎也能明白为何从前白色人种如此排斥有色人种。在白人里那些神经质的人看来，社交场所中仅有的一个污点，比如一两个有色人种，也会逼得他们格外在意，不知今日情况如何，至少在从前，对黑人迫害最为残酷的南北战争时代，听说他们对黑人抱有怨憎和轻蔑，这一点甚至波及黑人与白人的混血儿、混血儿所生的混血儿、混血儿与白人所生的混血儿。他们不放过一点点黑人血统的蛛丝马迹，哪怕是二分之一、四分之一、八分之一的混血血统，甚至对十六分之一、三十二分之一的微末痕迹也穷追不舍，迫害到底。有的混血儿乍一看和纯种白人没有两样，也许两代三代以前的某位先祖是个黑人，于是他们执拗的目光会粘在这种混血儿身上，欲从那雪白的肌肤下挑出很少一点色素。如此看来，我们黄色人种同"阴翳"还真是缘分匪浅。既然谁也不愿意让自己深陷丑陋，在衣食住行方面我们自然就会多加留意，使用阴暗色调的器物，让自己沉浸于晦暗的氛围，借此发现美。我们的先祖并未察觉自己的肤色天生带着阴翳，也不知道尚有比他们更加白皙的白色人种，因此只能认为，对于阴翳的种种嗜好，皆来自他们对色彩的感知方式。

我们的先祖将明亮的大地分为上下和四方，首先做出一个阴翳的世界，又将女人置于幽暗的深处，然后坚信她们是世间最白皙的人。既然肤色白皙被视作女性之美的必备条件，那么我们也只得承认并采取上述做法，遵从这个法则。白人发色明亮，而我们发色深暗，这本是自然规律教会我们的关于"阴暗有别"的法则，古人并未参透此间道理，却是无意识地遵从着这一法则，将黄褐色的肌肤尽量变得白皙。如前所述，我曾提到过"铁浆"这种化妆方式，除去染黑牙齿，从前的女子还会将眉毛全部剃除，想必也是为了让容颜更加引人注目。而这里面让我尤为感慨的，是她们使用的闪烁着玉虫色光泽的青色口脂。那种口脂，便是今日祇园①的艺伎们也很少使用了，而假如不借助烛火闪烁的微明进行想象，便无从理解它拥有怎样的魅力。从前，女子们会故意将红润的唇涂成青黑色，并饰以螺钿，毫不留情地剥夺那张丰艳脸孔上的一切血色。明灭不定的阴影里，年轻女子露齿而笑，时有漆黑幽光从鬼火般的青色唇畔稍纵即逝，只要想起这幅对比鲜明的画面，我便觉得再也没有比她们更加白皙的容颜。至少在我脑海中的那个幻影的世界，她们的肌肤比任何白人都要雪白。白人的肌肤之白，是剔透分明的，于世间随处可见，而日本古时女子的那种白，则脱离了人间世界。或者说，根本不存在于现世，不过是一出光明与幽暗酿造的恶作剧，存在且仅存在于我们对幽暗的感知中。不过我们觉得这样就很好，无须期盼更多。这里既然谈到了女子容颜的白皙问题，我便想说说环绕着这种白皙的幽暗之色。数年前，我带着东京的客人去京都岛原的角屋游玩，见到了此生难忘的"幽暗"。那是在一间宽敞的日式客厅，即后来毁于火灾的"松之间"，里面烛台上幽幽地燃着一支蜡烛，那种被烛火映照的宽敞房间里的昏暗，就明暗程度和浓淡而言，

---

① 祇园：日语汉字写作"祇園"，现京都市东山区八坂神社（旧称祇园社）一带，集中分布着可招艺伎前往陪客的茶屋、旅馆，为日本历史上有名的花街，至今仍是日本艺伎、舞伎最集中的地区。每年七月举行的八坂神社例祭"祇园祭"，与大阪天神祭、东京神田祭并称日本三大祭。

都与狭窄日式客厅里的昏暗别有不同。我走进这间屋子时，看见一位剔落眉毛、染黑牙齿的年长女侍在玄关口的巨大屏风前安置好烛台，接着端坐静候。屏风圈隔出约两铺席大小的明亮之地，在那扇巨大的屏风背后，有一大片高深、浓稠、纯然的幽暗似要从天棚垂落，烛火明灭，无法穿透这层厚重的幽暗，撞上黑色的砂壁便被迅速弹回。诸君曾经见过这种"被灯火点亮的幽暗"吗？那是与夜路之暗全然不同的物质，是每一粒都具有虹色的光辉、然而整体形如细小灰尘的微粒的集合体。我禁不住眨了眨眼睛，只觉得它似乎钻入了瞳孔。如今的日式房间以精致小巧为潮流，通常建成十铺席、八铺席、六铺席的小间，如果点上蜡烛便再难看见那种幽暗之色。而过去的寝殿与青楼，往往将天棚挑得高高的，走廊也很宽阔，铺有榻榻米的房间广至数十铺席。于是这样的房间里，总是笼罩着雾霭般的幽暗，那些颇有身份的贵妇如同饱蘸了灰汁，将自己锁在一室幽暗里。以前我曾在《倚松庵随笔》①里提及此事，现代大众习惯了电灯的明亮，想必早已淡忘这种幽暗了。尤其是室内"目力所及的幽暗"，如同一抹闪烁不定的浮游气团，极易牵引幻觉，甚至有时比室外的阴暗更令人毛骨悚然，遍体生凉。那些

---

① 　《倚松庵随笔》：倚松庵是作者在神户市的旧居，位于兵库县神户市东滩区。《倚松庵随笔》为1932年4月由创元社出版的作者的随笔集。

魑魅魍魉或妖怪变幻便始于这样的幽暗，而帘幕深垂下，被屏风和格子门重重环绕其间的女子或许也是魑魅魍魉的眷属。这种幽暗不容置疑地将她们十重二十重地缠裹起来，从衣襟到袖口，再到裙裾的缝合处，以至所有的空隙皆被其占据，不，或许也并不是占据，也许幽暗是自她们体内生出的，透过染黑的牙齿和嘴，透过发梢，蜘蛛吐丝一般无处不在。

早年，武林无想庵①从巴黎回来谈及他的欧洲之旅，说与欧洲的都市相比，东京和大阪的夜晚格外明亮。在巴黎，即便在香榭丽舍大街也坐落着点油灯照明的人家，而在日本，除非极其偏远的山村，没有哪一户还在使用油灯。想来全世界要数美国和日本，使用电灯最是不惜成本，因为日本处处想要模仿美国。这些话是无想庵在四五年前说的，那时候霓虹灯尚未在日本流行，倘若今日他再度归来，想必会对日本这日渐明亮之夜大惊失色。我又听《改造》②杂志的山本社长说，他曾负责陪同爱因斯坦③博士到京都一带游览，途中列车驶过石山④，博士

① 武林无想庵（1880—1962年）：日本小说家、翻译家。

② 《改造》：1919年由出版家、政治家山本实彦（1885—1952年）创立改造社，同年创办综合刊物《改造》，1955年废刊。

③ 爱因斯坦：即阿尔伯特·爱因斯坦（1879—1955年），出生于德国，犹太裔物理学家。

④ 石山：滋贺县大津市地名。

望着窗外的景色道："啊，那边也太浪费了。"山本社长问这话是什么意思，博士指了指那处电线杆上亮着的电灯。"或许因为爱因斯坦是犹太人，对这些细节很是在意。"山本社长解释道。且不论美国，便是同欧洲相比，日本毫不吝啬地大量使用电灯似乎也是不争的事实。说到石山，我便想起另一桩可笑的往事。今年中秋，我曾琢磨去何处赏月最好，一番比较之下决定前往石山寺①。中秋节前一日，报纸上说，为给明日晚间赏月的客人助兴，石山寺在林间安装了扩音器，以便播放《月光曲》之类的乐曲。我看完这则新闻，当即决定终止这趟石山之行。扩音器已是让人非常困扰的设备，如此助兴，想来那边山里处处都会点上电灯照明，并且亮起彩灯渲染气氛，免不了一夜热闹喧哗。此前我也有过类似的经历，那是某年八月十五夜里，我打算在须磨寺②的湖上泛舟赏月，于是约好同伴，带上便当等各种吃食，到湖边一看，四周装饰着五光十色的彩灯，喧宾夺主，令明月失色。思来想去我都觉得，大概是我们对电灯已经麻木，对于因照明过剩所引发的种种不便竟然毫无所觉。赏月等风雅之事且不去计较，即便是在可招艺伎前来的

---

① 石山寺：位于滋贺县大津市石山町，真言宗御室派别格本山。创建于公元749年，山号石光山，以近江八景之一的"石山秋月"闻名。

② 须磨寺：位于兵库县神户市须磨区，是真言宗须磨寺派的大本山。创建于公元886年，正式名称为上野山福祥寺。

茶屋、料理屋、旅馆、酒店等地，也毫无节制地使用电灯。虽说这是出于招揽客人的需要，但在夏日，夜幕尚未降临就早早亮起电灯，不仅浪费而且让人更觉暑热难当。每到夏天，不论我去哪里，都会为此深感不适。明明室外很凉爽，房间里却相当闷热，百分之百得归咎于电灯过多光线太刺目。若试着关掉部分电灯，很快便能生出几分凉爽，不可思议的是，主客双方依然对此毫无所觉。原本室内的照明原则是，冬季须适当明亮，夏日则稍微昏暗，以便营造阴凉之感，蚊虫也不会循着灯光飞来。相反，无节制地开着灯，又因为闷热让电风扇呼呼大作，只要想想便让人无比厌烦。若是身处日式客厅还能忍受，因为拉开障子就能慢慢散去余热，酒店的西式客房通风不佳，地板、墙壁、天花板更是会将日间吸收的热气向着四面八方散发，实在忍无可忍。我又想起一桩令人深表同情的往事。曾在夏日夜晚去过京都都市酒店待客大厅的人也许会有同感，酒店坐南朝北，位于一处高台之上，可将比睿山、如意岳、黑谷塔、森林、东山一带的翠峦尽收眼底，是个神清气爽、望之生凉的好去处，正因为如此，一旦遭到破坏才更让人惋惜。某个夏日黄昏，我打算沉浸在青山明水里好好享受一番，于是憧憬着那里的满楼凉风出了门。来到酒店大厅，只见白色天花板上嵌满硕大的乳白色玻璃灯罩，炽热白光在其间闪耀不息，由于近来西式建筑的天花板都造得比较低矮，电灯便火球一般贴在头顶熊熊燃烧，别提有多燥热，那种燥热蔓延至肺腑，于是从头顶到脖子再到背脊更似被火焰炙烤。那样的火球仅只一个已足够照明，偏偏眼下同时亮着三四个。此外，沿着墙壁和柱子更是装了好几盏小灯，除了驱逐各个角落的阴暗，它们没有任何别的用处。大厅里连一丝灰蒙蒙的暗影都寻不着，目之所及，唯剩白壁赤柱，而脚下是色彩花哨的马赛克地板，像一幅刚刚绘制完成的石版画，看得人闷热不已。从走廊到大厅，温差异常明显。即便有凉爽的夜风吹入大厅，也只会立刻变成一股热流。从前我常常留宿于此，念及总归是个让我无比怀念的场所，因此和颜悦色地给酒店提出了意见。这么一处清幽之地，最宜凭栏远眺、仲夏纳凉，若是被明晃晃的电灯破坏，着实可惜。日本人自不必说，就是那些格外爱好明亮的西洋人，也一定会对人工制造的暑热叫苦不迭。假如他们愿意关上电灯试一试，立刻便能领会我的意图。这桩旧事只是一个例子，类似的情况在别处也能遇见，比如东京帝国酒店虽说使用的是间接照明，大体上无可厚非，但在夏天我也希望它能把光线调得暗一点。无论如何，如今的室内照明，不但读书写字没有问题，甚至穿针引线也完全足够，若是专程用它来消除四角的阴影，未免与日本住宅的美学观念大相径庭。个人宅第从经济层面考虑，通常为了节省电力，会较为巧妙地配置电灯等照明设备，而商用住宅则不然，走廊、扶梯、玄关、庭园、大门等处往往成为灯光密集之所，致使日式客房与泉石浅俗不堪。照明过多，在冬天可能派得上一点点用场，但在夏日夜晚，无论躲去怎样幽邃的避暑之地，只要是旅馆，大多会像京都那家酒店一样让人失望。所以，我往往选择留在家里，打开四面的防雨窗，置身于彻底的昏暗中，支一顶蚊帐翻来覆去，这才是最上等的纳凉之策。

近日，忘了是在哪本杂志或哪张报纸上读到过一篇文章，讲的是英国老太太们发牢骚，感叹自己年轻时总是尊敬、关爱老人，而现今的年轻姑娘们越来越不在意她们的感受，提到老人就觉得邋遢不洁，躲得远远的，真是今非昔比、世风日下。我听说不论哪个国家的老人都有相同的感慨。人总是这样，随着年纪渐长，面对诸事皆有今不如昔之感。百年前的老人追怀两百年前的时代，两百年前的老人追怀三百年前的时代，任何时代的老人都不满于现状。尤其最近几年文化发展迅猛，而我国情况特殊，自明治维新以来，社会剧变，几乎抵得上过去三百年、五百年间的变化。说来好笑，念叨着这些的我，果然也有了老人的腔调。不过我确然觉得，现代文化设施都是为了迎合年轻人的趣味，而这个时代也渐渐对老人不那么友好亲切。举个简单的例子，如今站在街头的十字路口，需要听到号令才可通行，这让老人再也无法安心上街。那些有身份有地位的老人，通常出门乘坐汽车，影响倒是不大，而像我等平民，偶尔去一次大阪，横穿马路时不得不绷紧了浑身的神经。假如信号指示灯安装在十字路口的正中间，还容易看清，最怕出其不意地挂在旁侧半空，那些红绿灯一闪一灭，根本很难发现。如果是在宽广的十字路口，甚至会把侧面方向的信号灯错看成自己面前的。我切实地觉得，一旦京都街头也开始有交通巡查，那真是非常糟糕的现象。今日若想品味纯日本风情的市街建筑，就得去西宫、堺、和歌山、福山等中小都市。在大都会，要寻到适合老人口味的食物尤其费力。之前，某位新闻记者来采访我，让我介绍一些做法特别的佳肴，我便讲到了柿叶鲑鱼寿司，这道料理是住在吉野山僻远乡间的人们常吃的。不妨在这里说说：按照一升①米配一合酒的比例煮熟米饭，饭锅开始喷气时放入适量的酒。待米饭完全蒸透冷却，搭配食用盐捏成饭团。这时的关键在于，两手必须干燥，不能有一点水汽，只用盐捏。接着，把腌鲑鱼切成薄片，放在饭团上，再用柿叶包起来，包的时候叶子表面朝向内侧。在这之前，需要预先用干抹布将柿叶和腌鲑鱼上的水分完全擦去。接下来，准备一个寿司桶或木质饭桶，从小口把寿司密实地填进去，不留空隙，再盖上桶盖，压上腌渍用的重石。晚上做好，腌上一夜，到翌日

---

　　① 升：日本度量衡制尺贯法计量单位，一合的十倍。

早晨便可取来吃了，口感最好最美味的便是这第二日，若保存得当，可以连吃两三天。吃的时候，以蓼叶蘸醋洒在寿司上。我的某位朋友去吉野山游玩时，在当地尝到这道料理，大赞美味，便学习了做法回来后传授与我。只要有柿叶和腌鲑鱼，在哪里都能做。同时必须记得两点，充分去除水汽，米饭蒸熟后完全冷却。我在家里试着做了一次，的确非常美味。鲑鱼的脂肪和盐分充分渗透进米饭里，鲑鱼肉则像刺身一般柔软，口感鲜嫩莫可名状。与东京的寿司相比，滋味别有不同。对我来说，这种乡野风味最对脾胃。于是，我今年凭借这道料理，得以度过整个夏天。我很是佩服发明这道菜的人，没想到物资匮乏的山野人家竟能想出这种腌渍鲑鱼的办法。如此这般，接触乡土料理越多，我越感觉乡下农家远比城里人懂得品味美食，某种意义上说，便是于美食一道，也远比我们想象中奢侈。于是老人们纷纷离开都会，隐居乡间。然而最近连这些乡间小镇也装上了铃兰花形的街灯，一年比一年更像京都，便是隐居也让人不得安心了。有人说，如今文明不断进步，交通工具转去高空或地底，市镇的路面便会逐渐恢复昔日的安静，到那时，又会生出一种全新的不利于老人的设施。最终导致老人无法外出，不得不困守家宅，亲手制作料理，晚餐时浅斟低酌，平日收听广播自娱自乐，除此之外着实没有别的消遣。上述种种听起来像是一个老人的满腹牢骚，然而事实并非如此。近来，大阪《朝日新闻》"天声人语"专栏撰文嘲讽，说大阪府的官员为了在箕面公园修筑观光用自动车道而滥伐森林、毁坏山丘。读了这篇文章，我更加坚定了自己的想法。恣意破坏深山茂林，连半片树荫也要毫不留情地剥夺，实在是不负责任的行为。照这样下去，奈良也好、京都与大阪的郊外也罢，举凡名所都会像箕面公园的山丘那样，在大众化的同时变为草木皆无的秃山。然而这话也不过是老人的牢骚，我完全理解现今形势如此，便是有再多不满，日本也已沿着西洋文化的线路迈步而行，撇开老人勇往直前是它唯一的选择。然而，只要我们的肤色尚未改变，便必须做好觉悟，要永久背负着借来之物造成的得不偿失，挣扎着走下去。我写这些文字的初衷，是觉得在某些方面，比方说文学艺术领域，还留有弥补这些损失的空间。我想至少要在文学领域，将正在消失的阴翳世界呼唤回来。我想把文学这座殿堂的屋檐修筑得更深邃一些，把墙壁涂抹得更暗淡一点，把过分暴露之物推进幽暗，把无用的室内装饰一一剥除。当然，我并非是说家家如此，哪怕仅有一户这样做也好。而那又会是何等光景，且将电灯熄灭试试看吧。

厌　客

我记得曾在寺田寅彦氏[①]的随笔里，读到过一段关于猫尾的描述："我真不明白猫的尾巴长成那样到底有什么用。看上去似乎一无所长。人类身上没有这么一条累赘，简直是幸福。"不过我的观点恰好与之相反。我常觉得如果自己身上也有那种便利之物就好了。爱猫之人都知道，当猫听到主人唤它时，总是懒于回应，连"喵"地叫一声都不愿意，只是默默地微微甩一下尾尖给你看。如若看见猫蜷伏在檐廊上、颇有礼节地屈起前腿，撑着一副半睡半醒的表情，悠悠然沐浴在日头底下，诸君不妨试着唤唤它。如果它是人类，必定会颇嫌麻烦，敷衍塞责般傲慢地回答，"哎哎，好不容易舒舒服服打个盹，都被你

吵醒了"，又或者假装睡着，充耳不闻。而猫却采取折中的做法，利用尾巴回答示意，它身体的其他部分几乎动也不动，同时耳朵忽地抽搐，转去音源的方向。关于它耳朵的问题暂且搁下不论——那双半闭的猫眼甚至懒得睁开，一副寂然故我的姿态，半睡半醒间尾尖"卟"地轻微甩动一两下，如果再唤一次，它还是这样"卟"地尾尖轻甩。如果坚持不懈地唤，到最后它会对你置之不理。不过起初唤它的那两三回，它确实是用这个方式回应的。只要看到猫尾甩动，便知道它没有睡着。有时它已经处于半睡状态，只是条件反射地甩动尾巴。不论如何，以甩动尾巴作为应答，确然包含着某种微妙的意思。可能是猫懒得出声，但默无反应又显得过于冷淡，不如用这种方式象征性地打声招呼。不过，它也有可能是在告诉主人，您的召唤固然难得，可现在我很困，您就饶了我吧。它以尾巴的简单动作，巧妙地表达出既慵懒又无甚纰漏不至得罪主人的复杂情绪。没有尾巴的人类，在这种情况下实在无法模仿它这灵巧的一招。虽说猫是否果真具备如此纤细的心理活动，尚且疑点重重，可我瞧着它尾巴的甩动，总觉得表达的就是这个意思。

为什么我要举上述这番例子呢？且不论他人的情况，就我个人而言，时常认为如果自己也有一条尾巴就好了，有些场合下甚至对猫很是羡慕。比方说，当我正伏案疾书或冥思苦想时，家里人会突然走进来为某些事喋喋不休，这时我便想，只要自己有一条尾巴，轻轻将尾尖甩上那么两三回，便能把家里人打发出去，而自己也可以心无挂念地继续书写或沉浸于思考。不过让我更进一步地感觉自己的确需要一条尾巴，是在被迫接待访客的时候。厌客如我，除非志趣相投，或是与敬爱的朋友久别重逢，一般很少欢喜主动地接见客人，大多数时候都是万般不愿地与对方见面。有要事相商还好，那种漫然无边的闲谈，只要待个十分钟或十五分钟，我便无法自控地厌烦起来。于是客人依旧滔滔不绝，我只负责默默倾听，内心早已远离谈话主题，也不会顾及对方，兀自追逐着漫无边际的空想，直到飞回前不久沉浸的创作世界。因此，通常情况是尽管我偶尔回答一声"是的""嗯"，却已渐渐心不在焉，前言不搭后语，或者要隔很久才出声作答，以致现场气氛骤冷，主客都尴尬。我有时也会如梦初醒般察觉自己的失礼，于是勉力振作精神，可惜这样的努力维持不了太久，不过一会儿我又神思远游起来。这种时候，我便会想象自己长出一条尾巴，臀部也变得痒痒的，连"是的""嗯"亦无须再说，用这条假想中的尾巴甩动作答便能解决所有问题。与猫尾不同，这条尾巴是想象之物，很遗憾没法让对方看见。不过在我的认知里，这条想象中的尾巴甩或不甩，结果大不一样。即便对方并不懂得，总之我在想象中将它甩了甩，也算给予对方回应。

那么，我是从何时起变成这样——也即对猫尾无比羡慕——懒得同人谈话，变得厌客又是什么缘故呢？我试着思索一番，却是没有答案。我的旧识辰野隆①等人都知道，从初中到第一高中再到大学时代，我绝非今日这般沉默寡言。辰野隆是尽人皆知的辩论家，而我口才极佳，绝不逊于辰野。从前，我曾以东京人特有的如簧巧舌，辩得对方沉醉其中，即便是对方不愿相信之事，我也能滔滔不绝，不论妙语连珠，还是调侃戏谑，皆不落人后。后来我开始写作，以此为界，逐渐寡言少语。说起来到底是因为寡言少语而厌客，还是因为厌客而寡言少语，我想大概是由于厌客——换言之即是厌恶交际——这是我变得寡言少语的先决条件。至于成为作家后为何便厌恶交际，理由则数不胜数。我出生于日本桥庶民区的一个资产阶级家庭，在别人眼中自有一身微妙的"装腔作态"。我十分厌恶当时世人口中的文士与艺术家，他们会刻意塑造一种土气的清高。诚然他们之中也有地地道道的东京人，但以早稻田派的自然主义作家为首，多是些乡下佬，酝酿的氛围便也含着乡土气。我也曾受到些许感染，留长发，不修边幅，没过多久便感到厌倦，穿着打扮尽量远离文士做派。如果穿西装，一定要保持西服外套笔挺整洁，黑色上衣搭配条纹长裤，否则便选择日间礼服，帽子

---

① 辰野隆（1888—1964年）：日本随笔家、法国文学研究家。

大多是圆顶礼帽。如果穿和服，一般挑结城茧绸①或以大岛丝绸②夹袍搭配素色外褂，还要规规整整地结好衣带，一副传统商户的模样，乍一看去如同某家商铺的少主人。这样的打扮招来小山内君③等人的反感，常常说我炫耀财富惹人厌烦，我便渐渐同昔日的朋友疏远了。我厌恶乡土气，不巧也厌恶书生气，如果不是足以谈心的对象，很少同对方高谈文学艺术理论。我向来信奉文学家没有必要拉党结派，而应尽力孤军奋战。这个信念至今不改。我之所以仰慕永井荷风氏④，便是因为他一贯奉行此种孤立主义，比任何别的文人都要彻底。

因着上述缘故，最初我只是变得有些厌恶交际，并非寡言少语，由于缺少和人接触的机会，与人讲话的时间亦随之减少，但若要我聊天，还是可以说上几句。只要自己愿意，我那与生俱来的能言善辩以及轻快流畅的江户腔，仍可应时发挥。事实上最初那段时日的确如此。然而刀不磨则钝，任何事物不善加运用，机能就会衰竭。不知什么时候起，我变得笨嘴拙舌，尽

---

① 结城茧绸：以茨城县结城市为中心含鬼怒川沿岸地区生产的茧绸，2010年被联合国教科文组织列为世界非物质文化遗产。

② 大岛丝绸：鹿儿岛县奄美大岛生产的丝绸，纹样以细小十字格纹为主。

③ 小山内君：小山内薰（1881—1928年），日本剧作家、小说家。

④ 永井荷风氏：永井荷风（1879—1959年），日本小说家。

管希望像从前一样侃侃而谈，临上阵时却不晓得如何去谈，于是对聊天本身亦加倍兴味索然。眼下我六十三岁了，那厌恶交际和寡言少语的习惯日渐顽固，且无计可施。就寡言少语这一点来看，吉井勇①或许更在我之上。吉井虽也少言，却并非因为厌恶交际，他待人接物和蔼可亲，终日笑颜晏晏。而我稍不如意就表露于色，倘若感觉无趣，便是当着他人的面也敢打哈欠或做出别的什么行为。不过在醉酒之余，我也会有些聊天的兴致，可真正聊起来又不如从前流畅自如，最终只是比平日饶舌一些，声调拔高一点而已。现在，要说日常生活中最感艰辛之事，莫过于应酬访客。倘若事关重大，无论多么辛苦我也必能忍受。如前所述，我历来抱持孤立主义的信条，只须在想要会客的时间，给予想要会见的客人以我这边能够提供的时间便好，其他人尽可能不予接待，这便是我的想法，因此对那些意欲拜访我的客人，不得不说一句抱歉。话虽如此，我家的访客依然很多。战争期间，因为疏散的需要，有段时日我同家人搬去了乡村，暂时摆脱了会客的烦恼。自从在京都安家后，来访的客人与日俱增。

近来我已步入老年，更加有理由坚持这几年强化于心的孤

---

① 吉井勇（1886—1960年）：日本歌人、剧作家、小说家。

立主义。无论多么厌恶交际，这六十多年我依然结识了不少朋友，同年轻时代相比，我现在的交际范围要宽泛得多。年轻时候，尽可能多的结识朋友、观察社会或许十分必要，不过现在我已是这样一个老人，将来能走多远尚不可知，有生之年打算去做的工作也大致定了下来。就数量来看，怕是做不完的。我需要倾尽余生，按照计划，从头至尾一点一滴地完成它们，几乎没有必要结识更多朋友或观察社会。对于他人，我的所求不过是别扰乱我的计划，也别妨碍我实行它们。看起来我仿佛是个勤勉之人，不浪费寸阴，始终将一腔热忱献给工作。实际情况却刚好相反，自年轻时代以来，我的写作速度就比普通人都慢，老后迫于各种生理障碍，如肩周酸痛、眼睛疲劳、神经痛引发的手腕疼痛等——写作迟缓的习性便更加显著，哪怕写一张稿纸，其间也要在庭院里散步，或是在房里来回走动，没有这样的"间奏"，就没法坚持。即便对待工作，我认认真真奋笔疾书的状态也相对较少，多数时间在神情恍惚地发呆休息。即是说，一天之内，万事俱备灵感泉涌的时间格外短暂，正因为如此，遇上外界干扰，损失便显得尤其大。有些客人说只要花三五分钟见见我就好，殊不知为了这三五分钟，那些来之不易的灵感就此中断，即使我回到书房，也没法立刻乘兴提笔，接下来的三十分钟、四十分钟亦倏忽之间消失无踪，绞尽脑汁没法写出更多。这中间所受的打扰，往往无法用会客时间之长短来衡量。时至今日，我的应对策略便是尽己所能地缩小交际范畴，至少不让它比现在更广，也不结识新友。过去虽也厌恶交际，对美人却是例外。谁若介绍佳人与我相识，或者有美人来访，我向来不会拒之门外。现下我对此亦没了兴致。虽说喜爱美人这一点至今未变，上了年纪后，对于美人，我的要求却越发烦琐起来。一般的美人，尤其是今日站在时代审美尖端的美人，在我眼中也算不得什么，反倒催发恶心之感。至于美人的标准，我私心里有着自己的讲究，全然符合条件的确属晓天之星，我也不觉得她们会轻易出现。不如说，往后能与相识的几位美人继续交往，我已满足，余生亦是足够的花事烂漫，再也不想担负更多刺激。

谢绝访客的方法很多，最为常用的是假装不在家。对于肩负传话任务的女人和孩子来说，与其条分缕析地陈述借口，不若一句"现在主人不在家"，最是简便省事。只是这个法子我却有些讨厌，因此往往事先告诫家里人，让他们谦和有礼地回绝客人："主人此刻在家，若是客人没有携带介绍信登门，请恕主人不予接见。"我尤其反感对客人弄虚作假——我家地方狭窄，如果对客人撒谎，那么在他们离开以前，我非但不能如厕，甚至连打嗝或打喷嚏也不行——倘若不明确表达出"虽然在家但不会见客"这层意思，客人还会三番五次地登门，要是正好遇上交通不便的时候，更会带给客人麻烦。如果出去开门的是通晓文墨的书童，多少能应付过去，若是家中女子前去，往往连不该说的话都说了，诸如"很不巧，我家主人现在抽不出时间"之类画蛇添足的寒暄，听上去模棱两可，反倒招致客人不悦，"什么？请别怕我发火，将话清楚明白地讲一遍"。有的客人会怒目横眉地质问，有的则几近偏执地寻根究底。这时女子的态度通常不够干脆果决。倘若我依然顽固地不予回应，那么出去传话的人总是两头为难手足无措。那些来自东京或其他远隔之地的访客，我自是不忍拒之门外，但无论如何也要坚持一个原则，即没有携带介绍信的客人恕不接见。之所以这样做，是因为此番处理方式成为定则后，对将来肯定有帮助。来客中有些人会提到我朋友的名字，说"我与某某老师交情极好"，或者说"某某老师曾言会亲自为我写一封介绍信……"我总是让传话者告诉对方："既是如此，便麻烦您带上某某老师的介绍信再光临寒舍。"结果通常是这位客人不再登门。倘若来客果真带有介绍信，我自然是要见的。不过我的朋友们在这方面心领神会，很少介绍那些麻烦难缠的客人前来我处。

在东京或许情况有所不同，但只要我身在京都，便会格外频繁地收到聚餐会的邀请。若是座谈会当然能够理解，很多时候我遇上的却是单纯的聚餐会。出席人数众多的聚会，自然需要交换名片，朋友亦随之增多，仅仅这么做就给我带来不少困扰。我这种老年人对食物的要求同对美人的要求一样严苛，纵使面对山珍海味，亦绝少视为难得的佳肴。本来，在战后物资匮乏的时期，为了吃上一顿丰盛如往昔的料理，必得拜托相关方面有头有脸之人同往，且须花上大笔金钱。大概因为我等普通平民很难参加此种聚会，邀请方心知肚明，固然打算大施恩惠，却也想要借用别人的名义犒赏自己的胃袋。近日似乎十分时兴这种以"摄取营养"为目的、菜色搭配却不可思议的料理。去年我前往东京的时候，应邀去一家近郊的料理屋，上菜时又是鲔鱼刺身，又是红烧牛排，接着是天妇罗以及炸肉排。另有一次是在一家乡野旅馆，晚餐时竟然端出鳗鱼高汤火锅，分量之大，令人瞠目结舌。第二天一早，端来的竟是含有肉菜的寿喜锅①。不仅近郊和乡野的料理屋如此，便是在京都市中心繁华街区的旅馆里，我也遭遇过被迫品尝此类料理的待遇。这种菜色搭配，根本不会区分日本料理、中华料理、西洋料理，换言之，是将我们当作平日只能吃定量供应餐的可怜人，眼下机会难得，只要让我们胡吃海喝、大肆摄取营养便够了，提供

---

① 寿喜锅：又称锄烧，以牛肉、青葱、蔬菜、蒟蒻、豆腐等为主要原料，加入酱汁等烧煮而成的日本料理。

的料理陈列杂乱，全然不讲究烹饪技巧，品相寒碜，大约以为客人甚好糊弄。我年纪大了，胃口却不错，端上席间的料理，只要不是特别难以下咽，一概整盘吃光，不论食材优劣滋味好坏，全都塞进胃里，也着实可怜得很。最气愤的是，托这一天暴饮暴食的福，此后接连两三天我胃口大减，家人难得亲手烹制了合我心意的料理，本想着在家悠然度日，晚餐时浅斟低酌几杯，这下不得不取消。营养过多的油腻料理，对老年人的身体是有害的。相比那些食物，还是使用经过挑选的味噌和酱油，烹制符合自己口味的家庭料理，更加取悦我心。实际上，自家所用的烹饪食材向来比外面的普通料理屋所用的让人放心，例如油炸食物，若非使用家里不掺杂质的精纯食用油，便不敢大意吃下去。总体说来，若要出席聚餐会，最好受邀者是我喜欢的朋友，菜品合乎心意，时间上不会影响我的工作，否则我便不打算出席。不过即便如此，置身这样的场合我也并非兴致盎然。

（昭和二十三年①七月记）

---

① 昭和二十三年：公元1948年。

旅行种种

有一位外国旅行家，记得是德国人，曾说日本最没有被西洋
之风同化的地方，也即是风俗习惯和建筑样式等最大限度保存
着昔时日本美好风情的地方，是北陆①的某某地区。那位外国旅
行家每次来到日本，都非常期待前往该地旅行。至于那具体是
什么地方，他想尽量保密。虽说他是个作家，但绝不会在自己
的著作中提及该处地名。他怕一旦此地为世间所知晓，客人便
纷至沓来，当地人也会对家乡进行各式宣传，修建各种设施，
致使当地丧失本来的特色。美食家里也有许多人如这位外国旅
行家一般，怀揣同样的顾虑，发现某家小店的料理味道很好，

---

　　① 北陆：指日本北陆地区，位于日本本州岛中央，含福井、石川、富山、新
潟四县。

往往很少告诉朋友。虽说这么做有些坏心眼，但他们认为，这样的店铺最适合规模精巧的小本经营状态。假若发展繁盛，即刻便要扩建店面，虽然外观华丽气派了，但是食材质量下降，烹饪技术亦不如从前精湛，服务态度变得散漫草率。因此他们并不将店铺信息透露给任何人，只是悄悄独自前往，这样便能一直享受贴心的服务与合意的佳肴，更不致损伤这家店铺的个性。说实话，但凡涉及旅行，我也是学习上述外国旅行家做法的人之一。自己钟情的某片土地或旅馆，若非交情极好的朋友向我打听，绝少向人宣扬，更不会在文章里书写提及。说起来这是相当矛盾的。自己碰巧留宿的旅馆住起来如此舒心，服务亲切，住宿费低廉，与之相对的，又发现它寥落冷清，默默无名，为表谢意，自然想要替它广为宣传，这其实是人之常情，可是如自己这般以写作为业之人，故意把它从字里行间隐去，让对方诚挚盛情的款待变得毫无意义，此番行事宛如恩将仇报，所以有时我深感歉疚，可歉疚之余，依然决定保持方针不变。

以一事为例，关西地方某县的某座小镇，自古被视为赏遇流萤的名所。近几年宣传颇含技巧，每年初夏时节一到，便在京都、大阪的报纸上巧做广告。不少京都人被广告吸引，纷纷前往该地赏遇流萤。可当人们抵达那里一看，竟连萤火虫的影子也没见着。这和报纸上广告的描述大不相符，于是找到镇上居民及旅馆女侍询问，回答各不相同，有人说须等一个星期，有人说须等十天左右，更有人说须等约莫半月。然而眼下正是赏遇流萤的季节，只要附近有萤火虫，便不会看不见。原来真相是该镇的萤火虫已经绝迹。根据这片土地从前的传说：昔日这里确是赏遇流萤的名所，也的确有过很多萤火虫。近年游客增多，旅馆方面竞相修建高楼，随着小镇的日渐繁盛，萤火虫却一年年减少。究其原因，它们厌恶热闹喧哗的场所，尤其厌恶电灯的灯光。然而不巧的是，但凡旅馆林立之地，电灯也格外多。大门与走廊自不待言，从庭院到河畔以及附近山麓的方向牵起无数电灯，形同驱赶萤火虫。如此亮若白昼，它们想飞也飞不来，即便飞来，也被明晃晃的灯光夺去萤火隐约明灭的美感，人们的肉眼自然无法看见。这些着实都是不负责任的行为，但在当地人看来，理应积极宣传招揽更多游客，越是积极宣传小镇越是繁盛，旅馆数量随之增多。旅馆一多，难免互相竞争。为了吸引行人注意，不得不点起明晃晃的电灯。长此以往，好好的名所不再名副其实，着实可惜。滑稽的是，许多客人为广告所骗慕名而来，为免遭客人非议，那些旅馆便从别处捕来极少几只萤火虫，应景般放在庭院里。又如滋贺县所辖的叫作M的某地，因盛产名为"源氏萤"的大粒萤火虫而声名在外，近来当地热衷宣传。我虽没去过，却听说那里确实有不少源氏萤，足够每年以贡品之名献给宫里。为此，当地严禁私自捕萤，违者必受刑事处罚，于是，即便这里拥有不少萤火虫，来者却无法体验遇萤之乐，这番遭遇与前述某镇的例子并无不同。

濑户内海上有座海岛，大约属于广岛县或爱媛县，如果要去那里，得从中国①或四国地方②的港口乘坐小蒸汽船前往。由于开往别府等地的大型客船不会路过海岛，所以京都、大阪很少有人前去。岛上有两三家规模小小的旅馆，楼下店铺经营杂货与副食品，旅馆的本业实则是运输生意，住宿费也格外低廉，几家旅馆皆为此般情形。我喜欢濑户内海安然无浪的静谧风光，有一回因着某事恰巧路过，趁着下一班客船尚未抵达，在一家旅馆休息。我们一行两人，从早晨七时到午后四时，租了二楼的一间房，其间用过午饭，旅馆还特意为我们准备好泡澡用的热水，结账时竟然只收了两日元，即是说一人仅花一日元。虽然如此便宜，但绝不表示房间不整洁，饭菜难以下咽。此处是海岛，鱼肥且鲜。加之四国地方盛产味美的鱼糕，无论

---

① 中国：这里指日本行政区划中的一个地域名，即"中国地方"，包含日本本州西部的山口、鸟取、岛根、广岛、冈山五县。

② 四国地方：日本西南部的四国岛及其属岛，含香川、爱媛、高知、德岛四县。

走去何处，只要能尝到好吃的鱼糕，我便觉得不虚此行，难得的是，这座海岛上还能买到有名的伊予鱼糕。我洗了热水澡后，随意小睡片刻，对被褥枕具的舒适整洁赞不绝口。大多数旅馆的被子，面料为绢绸，内里填满旧棉絮，只是看上去很美，盖起来却沉重不适。这家旅馆刚好相反，面料采用木棉，里面棉花崭新。因是在冬季，会给客人另加一床棉被。本以为盖起来很沉，试过后发现并非如此，我第一次晓得原来上等的棉被可以这样舒适。此处一切遵循这般做法，令人感觉万事都熨帖了，心里十分满意，我便向旅馆方面打听岛上是否有海水浴场，如果有便打算带着家人来度假。对方告诉我，一对住在神户的西洋夫妇，每年都带孩子来到这里，总是把二楼的房间包租下来，大约住上十天。我继续问了问，原来距离这里约一百公尺的海岸，没有配备特别的设施，却有一处十分理想的海水浴场。在二楼走廊的左右两侧，只各带一间日式客房，所以上面提到的"都包租下来"不过如此规模。旅馆方面还说，倘若长期留宿，每人每天只须花上两日元的住宿费。因此我私心里猜想，或许那对神户的西洋夫妇与那位德国旅行家的想法不谋而合，希望安安静静不为人知地和家人到这座海岛避暑。今日那些有名的海水浴场，几乎没有一处清澈澄亮。由于入海游泳的人太多，从前湛蓝见底的海水变得污浊不堪。听说这座海岛海水清冽剔透，我便想大约光是看着这片风景也令人陶然忘忧。另外，从神户前来海岛无须搭乘列车，这在夏天十分难得，而且船票也比列车票便宜许多。此地海滩闲静，人烟稀少，衣服脱下后放在那里不用顾虑被人盗走，更无须担心被人瞧见赤身裸体的模样。除了入海游泳便没有其他娱乐，也许有人感觉无趣，然而如您所见，夏季的濑户内海无风、无浪，平静如池，可以自由泛舟，可以乘坐小型蒸汽船造访附近的岛屿以及四国、中国的海港。顺便一说，神户的那对西洋夫妇发现了这处美好的避暑之地，每年悄悄来此享受，比起前往云仙、青岛①、轻井泽等给人暑热印象的地方，付出高昂的住宿费却换不来应有的体验，着实高明得多。

近来，我屡次切实地感觉自己需要去到一处完全听不见电车和列车声响的地方，能够悠闲地静卧，思考问题，便是只住上一天也好，为此我生出了旅行的念头，可是符合条件的理想之地正逐年减少。打开地图看看便知，在这块狭长的国土上，纵横交错地铺满了铁道网，而且每年如同血管末梢一样扩大延伸它的支线，直至向各个角落，导致这片国土没有分寸空余之地，听不见列车鸣笛之声的深山幽谷日渐缩减。加之铁道部、观光局、地方观光案内所等宣传机构不遗余力地招揽客人，致

---

　　① 青岛：指日本宫崎县日南海岸中的一个小岛屿。

使一处又一处名所失去本土特色，沦为都会单纯的延长线。我讨厌登山，从未目睹过日本阿尔卑斯地区①繁盛的模样。然而，原本登山的乐趣不就在于感受它超越人间世界的雄伟壮阔，呼吸尚未被俗世污染的清新空气？古人主张的暝合于万化也好，体悟天地之悠久也罢，能够游于仙神合一之境界，不就是登山的意趣所在？按照此种逻辑，像今日的信越地方②那样面向一般客人宣传登山，实在会让山岳失去最本真的意义。从前小岛乌水氏③等人首先鼓吹那片地方的雪谷之美，皆因当时的富士山已经变成谁都可以去爬一爬的恶俗高山，于是他建议相关人士开发信越地方。现如今，信越地方或许变得比富士山更为恶俗。想想原本称作山中"小屋"便足够的设施，偏要取一个不好理解的名字Hütte④，还修建了便是在东京市中心也随处可见的"某某庄"样式的旅馆，这样一片土地岂止没有超越人间世界，反倒是最具尘世俗欲之气的场所，明明僻处乡野，却成为

①　阿尔卑斯地区：位于日本本州中部，是登山、滑雪胜地。英国冶金工程师威廉·高兰德（1842—1922年）在其著作《中部及北方日本旅行者案内》中首次提出"Japanese Apls"一词，后由英国传教士、登山家沃特·韦斯顿（1861—1940年）与日本登山家、纪行文作家小岛乌水（1873—1948年）等人著书详加描写，使其闻名遐迩。

②　信越地方：即信浓和越后、越中、越前等地，源自日本旧国名，现长野县、新潟县境内。

③　小岛乌水氏：小岛乌水（1873—1948年），日本登山家、纪行文作家。

④　Hütte：德语，意为山中休憩所。

都会文化的时尚前沿所在。因此，那些真正希望接触山岳灵气的人，或者如同过去攀上大峰山修行那般，怀抱虔诚敬畏之心、志在登山的人，不得不将视线投往尚且默默无闻的山岳地带。具体说来，便是打开地图，首先着眼于铁道网稀疏的地区，其次从这里寻找高山峡谷。当然，坐落于这些地方的山不会是名山，无论山峰海拔、峡谷深浅，无论展望之雄大抑或风光之秀丽，均不及日本阿尔卑斯地区的群山，但假如我们不以山高为贵，而以摆脱尘世俗欲都会喧嚣为重，那么这些平平淡淡的山涧水湄反倒更富有山岳之灵秀，或许能涤除万千困顿的俗尘。推而广之，此番认知不仅限于山岳，前文提及的赏遇流萤的名所、观樱览梅之胜地，以及温泉、海水浴场皆是如此，举凡天下闻名的第一流土地，多少都已遭遇粗暴的开发，使人萌生退意，那便不妨再退一步，寻觅二流三流的场所，更能实现旅行观览之目的。

因此，对那些试图品味旅途幽寂之趣的人而言，宣传机构的发达不如说是一种干扰，不过个别时候，倒也会因为它们的存在而带来便利。大致而言，近来相比去海边旅行，登山更为流行。从前"海"之一字便是"仲夏""深冬"最寻常的搭配，肺病患者也大多前往海边疗养，现在变成夏季登山游赏，冬季高山滑雪，肺病患者要去山上接受紫外线照射治疗，总之高山比大海更讨人喜欢。而我这样的人甚至懒于造访近在咫尺的甲子园体育场，对体育运动更是兴趣缺缺。每逢冬季，看着铁道沿线各个车站贴出的当地高山滑雪场的日积雪量告示，或者从广播中听到像模像样的播报时，我着实难以理解，想不通这样的事情何以值得搞出如此大的动静。不过，经过广播电台和铁道部一番尽心尽力的"提灯引路"，那些冬休时节不晓得上哪里度假的人，便会朝积雪高山蜂拥而去。即是说，这些应季的宣传就像一把扫帚，将吵吵嚷嚷的客人朝一个地方一股脑地扫了过去。前些日子，听和气律次郎君[1]说，近来纪州的白滨被宣传得头头是道，结果历来属于度假名所的别府也变得冷清寥落了。我们日本人原本就是追求新奇、容易心血来潮的国民，当某个地方敲锣打鼓热情迎客，我们便会汹涌而至，其他地方则彻底遭到冷落。如果深谙这一诀窍，反过来利用这些宣传，趁人潮聚向一方的时候，反其道而行之，便能收获一趟情趣盎然的旅行。如果我明确指出应该前往什么地方，反倒与初衷大相径庭，所以不再赘述，大致说来濑户内海沿岸及附近海岛，都是体味闲情逸致的极佳场所。即便选在冬季前往，这一带也是暖意袭人。阪神地方虽然不冷，但还是不及濑户内海沿岸和暖，一月底梅花零星初绽，可以采摘艾叶做艾饼吃。由于避寒

---

① 和气律次郎君：和气律次郎（1888—1975年），日本翻译家、小说家。

的客人会聚于白滨、别府和热海等地，所以濑户内海沿岸人烟稀少，不论哪里的旅馆都闲了下来，此时前去，能够好好体味一番悠闲自在的海岛生活。我钟爱赏花，到了春季如果看不到樱花滂沱、烂漫盛放之景，就没法细细感受春日的气息，于是往往依据上述诀窍安排赏花行程。每年山间积雪开始融化、滑雪运动无法继续的时候，心思活络绝无纰漏的铁道部，便着手展开赏花报道，四月中旬运营赏花专线列车早已无须多言，还会贴出公告，告诉大家下周日何处正值花期，哪里已经花开七成等，事无巨细不厌其烦。若只想安静邂逅一场花事，绕过这些被宣传的地点就好。再说，赏花不见得要去约定俗成的名所，只要开得繁艳，哪怕是路旁一株樱树，寻片树荫扯起帷幕，打开便当盒，一样自得其乐。有此心意，甚至可以省掉铁道交通的麻烦。比如我所居住的精道村后山一带，沿着无人察觉的深谷高台，就能觅到一处春花皎皎、山河浩荡之所在。

此外，这里我还想悄悄告诉大阪地方的读者诸君，事实上，我的一大乐趣便是在桃花盛放的季节，搭乘关西线路的列车，远眺春日里的大和古道①。如您所知，关西线路的电气轨道每到

①　大和古道：大和国源自日本旧国名，位于现奈良县境内。大和古道是通往大和国的道路，尤指从京都五条口出发，经伏见、木津通往奈良的路。

赏花时节不论哪条支线总是满员超载，而且超速运行，次次都会引发问题。这时请试着走出凑町，穿过村里前些年发生过滑坡的某条隧道，途经柏原、王寺、法隆寺、大和小泉、郡山等小站，再搭上开往奈良的列车。如果搭乘大阪电气轨道，只需花四五十分钟的时间，而搭乘这条线路的普通列车，则耗时一小时十二三分钟左右。由于乘坐急行列车会失去此行的意义，所以选择不慌不忙每站必停的普通列车就好。上车后，让你顿感惊异的是，电气轨道的车厢人满为患，换为普通列车则空空如也，每节车厢中的乘客寥寥可数。三等车厢已是如此，二等车厢的乘客便更少了。当你在空荡荡的座位上懒洋洋地伸出双腿，随着车身缓慢地摇晃，记诵它"嘎当"停下又轰然开动的节奏，目力所及处春霞明迷，收拢了窗外的大和原野之森，以及如惊尘般潮湿扑来的山丘、田园、村落、佛塔，唯剩武陵人入桃花源的虚实相生天意婉顺，是在这样一种漫漫的迎送里，全然地、无所觉地忘记了时间来去。无须记挂何时抵达奈良，无须在意来到什么地方，不必担心下一处车站叫什么，只觉列车好像永远这么"嘎当"停下又缓慢开动，周而复始，窗外总是延续着那片春霞迷蒙的原野，没有斜阳远意也没有黄昏炊烟。我尤其偏爱在春雨绵密的午后搭乘这样的列车，上车后便觉慵懒倦怠，昏昏欲睡，不知何时打起盹来。时常被列车轰然开动的节奏惊醒，睁眼一望，车窗玻璃上水雾迷蒙，窗外的平野笼在纷扬细雨中，一天一地罩着丝线，雨脚幽凉，却又好像比春霞更暖，裹起远方的佛塔与树林一往无前。就这样，抵达奈良之前的一个多小时被拉得无限悠长恬静。如果不赶时间，可以从樱井线迂回过去，列车穿过高田、畝傍、香久山附近，途经樱井、三轮、丹波市、栎本、带解等各站，驶向奈良。那些匆匆忙忙铺开的"大和巡游"，蜻蜓点水般走马观花，到头来远不及在列车上慢慢度过的几小时，恰是这浮游着无限悠久之感的几小时，赋予人无可比拟的心情，是真正的千金难换。而太多人吝惜于一点点时间和车票差价，涌上电气轨道去看花，简直令人百思不得其解。似乎提升速度已成为时代的潮流，不知不觉中，一般民众也丢失了对时间的耐性，不能专心致志平心静气地去做一件事。倘若果真如此，我认为取回这种平心静气便是一次精神修养，建议诸君搭乘那趟普通列车试试看。

我从东京返回大阪时，经常搭乘夜间十一时二十分从东京站发出的第三十七次列车。这是开往大阪的列车中唯一附有二等卧铺车厢的普通列车。至今为止，即便在发车之际临时要求加购卧铺票^①，也总是顺畅无阻。若购买的是下铺票，无论春休假期或年关岁末，不论乘客如何密集，都一定能买到。大多数时候，甚至上车后再补买卧铺票也来得及。东海道线的卧铺车竟然这样空荡，许是这趟列车独特的风景，我想大概得益于它不是急行列车。这趟车在夜间从东京发出，翌日上午十一时四十五分抵达大阪，共需十二小时二十五分，若无意外，只比急行列车多花一小时左右。这趟车发出前，另有一班列车，即从东京开往下关的第七次急行列车，于夜间十一时发车，抵达大阪是在翌日上午十时三十四分，总共行驶十一小时三十四分，耗时和上述普通列车相差无几，乘客却比搭乘普通列车的多出许多。一个原因是它挂上了急行列车的车速，许多人被它蒙蔽，也没有被告知，在急行以外还有普通列车附带卧铺车厢。而且普通列车逢站必停，一停一开的声音令人焦躁，这大概才是它不受欢迎的最重要理由。当然，如果你一上列车便钻进卧铺睡觉，到次日早晨七八时天光大盛再醒来，整晚都不会知道它是如何慢行的。过了京都再往前走，列车便直奔大阪，不再停靠，因此真正需要付出耐心的只有大府到京都这一段。这趟车程总共耗费三个半小时左右，途中仅比急行列车多停六

---

① 在日本搭乘JR系统（即国铁）或私铁的卧铺列车，须在基本车票之外，单独购买卧铺车位或卧铺包厢票。如果该列车同时是急行、特急列车，则须加付急行、特急费用。

站。现今世上善于精打细算之人，连这点艰辛也不愿容忍，宁可加钱购买急行车票，实在愚笨。不过只要想到，多亏有这些性急的人，这趟列车才能空空如也，我又觉得不应对他们报以一概的嘲笑。也许有人反驳，说普通列车一开一停，总要把人从梦中吵醒以致再难入眠。对于这样的乘客，我便不太建议搭乘这趟列车。与他们相反的是另一些脾性极端的乘客，若非卧铺车的那种摇晃，他们便无法入睡，甚至要在自家床底也装上马达才满意。我虽不至于如此夸张，但向来容易入睡，在列车上亦能安然入梦。如果乘坐开往东京的上行夜车，即便经过箱根的群山，我也往往无所觉，一路酣眠到横滨，在乘务员的再三催促下万般不愿地醒来。去年年末以来，我去过东京三次，算上前几日搭乘"飞燕"号急行列车返回大阪，没有一次寻到机会临窗远眺丹那隧道①的英姿。因此，就列车的行驶状态来看，第三十七次列车各方面都甚合我意，我对它着实情有独钟，不但可以在车上悠然入梦，而且天明睁眼，发现时间恰好合适。我一般在早晨八时左右列车抵达名古屋附近时才会醒，这时候，几乎没有中途上车的乘客来到摇晃前行的二等车厢。何况它是卧铺，独自一人便能完全占领长长的一排铺位，舒展

---

① 丹那隧道：即丹那铁路隧道，位于日本本州东海道本线热海—南函间的复线型铁路隧道。

四肢，翻来覆去，如果没有睡饱，可以再补一觉。这一带——从大垣、关原、柏原醒井一带西出米原，沿琵琶湖岸直抵大津——山清水秀，纵使数次路过，仍然百看不厌。下面要讲的大概只是我的个人看法，沿着东海道西行，直至名古屋，透过车窗所见的宅院人家与自然风物，遍布东京情调，然而过了名古屋便无迹可寻，感觉明显进入关西的势力范围。就这样，一整晚躺在卧铺上有美梦为伴，待到睁眼，窗外已是满目关西景致，浸得清晨的心情莫可名状。我去东京通常没法给自己安排一段轻松的行程，到了列车上，才能彻底截断停留期间那种手忙脚乱风尘仆仆的生活。每次看着被乘务员整理洁净的卧铺，我就总想再睡一觉，然而窗外正有关原一带广植柿树的村落风情铺天盖地，农舍白壁掩映其中，看得出神尚来不及，哪里顾得上补眠。说实话，我有好几日没有读过大阪报纸了，心里怀念得很，早早让乘务员在名古屋车站为我买好备在一旁，此时终于连读报也弃置不顾，一心一意倚窗远眺。列车从大垣出发后，又一路向前，通过醒井，中间依次在米原、彦根、能登川、近江八幡、草津、大津等各站停靠，但我丝毫不觉焦躁无趣。如果换作"飞燕"号，它在这一带便会飞速奔走，叫人惋惜，而这趟列车在通过关原时不急不缓，彦根城的天守阁、安土、佐和山的险要地势皆清晰呈现，赏心悦目。如果有孩子同行，就不要选择比它更快的列车，否则很难为他们讲解沿途的史迹传说。为此我想，是否应当鼓励这样一种做法：与其在短时间内完成最大限度的速食旅行，不如以尽量长的时间在小范围内展开巡游。如是重新走走，在那片曾被自己若无其事仓促行过的土地上，掘出些许意外之趣。尽管不能完全徒步旅行，然而相比之下，一脸倦怠兴味索然地开车掠过几片风景，才是最糟糕的方式。非但全无"旅情"，去过之处亦不会留下印象。

顺便说说，搭乘列车时每每让我不快的，是乘客缺乏公德之心。这个问题被不少人提出来批评，并借此阐述自己的主张，其中以大阪《朝日新闻》的"天声人语"专栏最是频繁，常常发表含有训诫性质的评论。此一方面，大阪人确然比东京人随意。近来我事事都偏袒大阪人，只有这一件我认为大阪人比不上东京人。据说现在连他们自己到全国各地旅行时，也很不喜在列车上遇见大阪人。因为大阪人总是家人同伴一起抢占二等车厢，旁若无人地霸占宽敞的席位，形象不雅地大吃大喝高声喧哗，乱扔果皮剩饭，甚至随便找陌生人搭话，总之，这些教养全无的行为必定出自大阪人。其他地方的人对此也许不大清楚，同为大阪人则了然于心。每年樱花花期，在电气轨道和京阪电车的车厢里屡见不鲜的一地狼藉，已被他们若无其事地带去他国。在本地的郊外电车上，因为大家都这样做，倒是叫人无从指责，但在旅途中，大阪人的这些行为便显得格外露骨又扎眼，便是同乡也摇头叹息。不过东京人也没有资格耻笑大阪人。我们缺乏公德之心已非朝夕，这种欠缺萌芽于古老封建时代的生活方式。从另一个角度看，它同我国的淳风美俗不无联系，自有其存在的道理，所以更难矫正根除。然而看看大阪人在列车上的形象，着实对不住堂堂"亚洲盟主""三大强国之一"的"一等国民"称号。听人说三等车厢乘客的素质比二等车厢的更差，那些原本有教养的人若也像一般大众那样，行事不遵礼仪，带给人的恶劣印象就不可同日而语了。以一件小事为例，无论是去餐车车厢还是如厕，没有一个人会把过道里的车厢门拉严实。隆冬天寒，即便只留一道小缝，冰冷的空气也会见缝插针般钻入，位靠厕所的乘客更要饱受臭气熏袭，这明明是显而易见的，可过往乘客只是背过手"啪嗒"一声带上门，从来不会回头看看有没有拉严，之后总是留下一两寸缝隙，别人不得不替他再关一遍。坐在车厢出入口附近的乘客最为遭罪，往往要重复无数次关门的动作。哪怕火冒三丈还是不得不做，因为放任不管的话，当寒风卷着臭气袭来，自己最先撞上这池鱼之殃，所以无论多不耐烦也得及时出手。尽管任何人都会碰到这种倒霉又惹人冒火之事，可轮到自己进进出出时，也是"啪嗒"一声扬长而去，毫不顾忌会否给他人带来麻烦。最气愤的是从餐车车厢归来的乘客，嘴里叼着牙签，浩浩荡荡地通过，而最后一个人绝对不会拉上车厢门，觉得还会有人过来，便任车门开着，自己施施然回了座位。此外，列车上的厕所都有完善的冲水设备，墙壁上也贴着注意事项：便后冲水，可实际照做的人不足百分之一。不仅如此，洗漱间的水槽里总是存着洗脸后的污水，得等后面进来的人替他们把水放掉才能继续使用。这种习惯与便后不用厕纸没什么两样，用公德之心这样深刻的名词去形容已无必要，单以常识思考便很好理解。然而谁也没有对此觉得惊讶，更无人感到羞耻，不能不说这样的"文明国民"令人匪夷所思。日本人的这些陋习，当然不只表现在列车上，不过是在列车上表现得最为严重罢了。一些在其他场所循守礼仪的人，一到列车上便将平日的教养抛到九霄云外，实在让人百思不得其解。

　　冬季旅行，最令人苦恼的是在列车、汽船、酒店、旅馆、汽车等交通、住宿设施内，并未统一设有取暖设备，因而室内外温度悬殊，很容易致人感冒。带着体弱的妇孺出门尤其担心这个问题。当然，我自己也曾因为高楼大厦里的冷气设施冻至感冒，这种由便利条件产生的不便现象，在都会的日常生活中时有发生。至于在旅途中，一日之内频繁遭遇温度变化，而且变化突如其来，已经是家常便饭。说到这里，我便想起某年冬季的一桩往事。那日我从高滨搭船去往别府，深夜十二时，船上只剩两三间空房，乘务员领着我到了其中一间，说："这间房的暖气是最足的。"接着他将暖气开到最大挡，房间里温度变得很高。我以为只要睡着了便能躲过一"劫"，于是尽可能换上薄些的衣服，钻进了被窝，谁知随着时间的推移，房间里越来越热，整个人头昏脑涨，简直像在洗蒸汽浴。我无计可施，脱光了贴身的衣物，穿着一件浴衣，连毛毯也不盖。即便这样，仍然汗如泉涌，整晚辗转反侧，烦躁不安。原本船舱就很狭窄，通风不畅，更兼靠近锅炉，即使没有发热装置也无大碍，可乘务员胡乱调高温度，自以为是在"优待"客人，不得不让我怀疑他有没有服务常识。这是一艘小型蒸汽船，不足五百吨重，没有大客舱。又有一次，我搭乘濑户内海各岛之间的接驳客船，进入大客舱，热气蒸面，催人作呕，随即汗如雨下。回程时，我已经做好心理准备，决定再承受一遍暖气的"蒸煮"，然而这一次乘客稀少，也许为了节省暖气，只在较大的客房内放着一只火盆，里面的炭火眼看着就要熄灭，而且整个房间三面是窗，从窗缝钻入的寒风令人永生难忘。室内忽冷忽热温差骤变，不论多么小心谨慎，也逃不过感冒的结局。

一般说来，过于温暖比过于寒冷更与人困扰。例如搭乘列车，东海道线的急行列车暖气非常充足，这在晚上倒也无妨，白日晴好之时，沐浴着从玻璃窗透射进来的日光便已足够，何况有那么多乘客，人体发散的体热也能使车厢升温。这种时候，车厢内的温度难道不应调低一点吗？我体质容易上火，所以对高温比平常人敏感，要知道如今大多数日本人家里仍然没有采暖设备，希望铁道部对此深加考虑。只要一想起当初闷热的乘车体验，对于在冬季搭乘日间列车往返于东海道线，我便觉得意兴阑珊。尤其名古屋到静冈、沼津一段，午后阳光刺目，又是至难消遣的无聊时光，读报的力气、眺望窗外景色的兴致，都在忍受闷热"蒸煮"的过程里消失殆尽，只好枯坐打盹。然而，这个打盹也并非春风浮荡下的片刻小睡，而是睁眼醒来，汗流浃背，关节疼痛，口干舌燥，越发疲惫不堪。不少人因此咽喉肿痛，或是头疼或是晕车。如此说来，我甚是佩服西洋人能在暖气十足的闷热房间里开会办公、谈笑风生，有时简直怀疑，日本铁道部这样迎合西洋人的习惯而不为日本国民着想，是否因为至今存留着明治时代的殖民地劣根性。

我年轻时候觉得西式酒店并无不好之处，不过上了年纪后，便开始在各个方面怀念日式旅馆。有段日子，若是得知当地没有西式酒店，我宁可不去旅行。而现在恰与之相反，我会挑选别具日式风情的旅馆，即使有些许不便也愿意容忍。不，应该说正是这些不便之处，让它呈现出莫可名状的羁旅之思，所以酒店里那套过分细致的服务，以及都会风十足的待客方式，我反而不以为意。每当我前去陌生之地旅行留宿，必定事先向人打听或在观光指南上寻找两三家日式旅馆，待实际抵达后，第一件事便是去这些旅馆门口探察一番。即使从车站出来换乘汽车，也不会中途停靠某家旅馆，而是打两三家门前路过，比较完旅馆格局，再决定去哪一家投宿。日暮时分，终于抵达目的地，怀揣淡淡的乡愁、好奇、疲乏与饥肠辘辘，猜测等待自己的会是一家怎样的旅馆，这时四下亮起灯火，我独自在小镇上迷惘地游荡，还没有决定去哪里住宿，前一刻在路口垂首徘徊，下一秒去桥头驻足顾盼——总是这样的，乡野小镇里这些无比伤感的夕暮时分，至今依然让我憧憬，诱使我踏上旅途，尽管早在青年时代，我便过上了放浪形骸的生活。这种情况下，最能吸引我前去的不是现代风十足的酒店，而是有几分落后于时代的旧式旅馆，就像默阿弥①的世话物②或长谷川伸③的股旅物④里出现过的那种，简而言之，与其说它们是旅馆，不如说是客栈，我更容易为其古雅的风情所吸引。不过近年来，那

① 默阿弥（1816—1893年）：即河竹默阿弥，歌舞伎脚本作者。擅长世话物题材的歌舞伎脚本。

② 世话物：人形净琉璃、歌舞伎脚本的题材类型，多取材于江户时代的町人社会，展现市井冷暖、世态百相，写实性较强。

③ 长谷川伸（1884—1963年）：小说家、剧作家。创作过多部股旅物题材的小说、戏剧作品。

④ 股旅物：以流浪各地的赌徒为主角，讲述发生在义理人情世界里的故事，多见于戏剧、小说、电影等。

些历史悠久、以门前垂挂的旧日暖帘为傲的当地客栈，都逐渐转型为旅馆。它们原本世代相传，保留着古老格局，有的还会在距离本店不远的地方另行辟筑"别馆"，那种别馆并不符合我的喜好。我所爱的仍是屋檐深深、结构纵长、临街而立的旅馆。进入玄关口的土间①，穿过横梁，正面是宽敞的扶梯，站在二楼凭栏远眺，市町人家尽收眼底——而且旅馆格局要尽可能大气敞亮，譬如古市的油屋②，或者琴平的虎屋③。有时候，我会希望找到一家位于在荒寒车站旁侧的破旧旅舍投宿一夜。那些日式客房里的木料切口乌黑锃亮，显得既沉静又安详，似要唤起对小镇历史与传说的追忆。不用说，住宿这样的旅舍自是要有心理准备，由于一切设备原本就是旧式的，必须忍耐它们可能带来的种种不便。不论季节多么寒冷，它也不会配置暖气，最多添加被炉，或是地炉以及热水袋。厕所不可能是抽水式，至于餐食，除了正式的本膳料理外，还附有一道二膳料理，拼凑得五彩斑斓，滋味却实在平常，不禁让人想起京都方言中的"难吃"一词。然而，那些年代久远的壁龛柱子，书院

---

① 土间：未铺设地板或以三合土铺地的房间。

② 油屋：古市是日本历史上有名的花街，油屋是坐落在古市的一家妓楼、花街旅馆，位于现三重县伊势市古市参官街道。

③ 虎屋：曾为日本皇室御用的传统日式旅馆，停业后改建为荞麦面店，位于现香川县仲多度郡琴平町。

和檐廊上的障子组合，栏杆上的雕刻，前庭的苔藓、石灯笼、花木，以及日式客房的舒适布置，似万事不拘小节，林林总总皆是最好的款待。只有这样的旅舍，其他方面并不讲究，唯独壁龛装饰颇为用心，一幅挂轴一瓶插花，便已盛满人所不知的心意。以前我经常前往山阴地方某都会的旅馆住宿。近年来遭受当地新式旅馆的排挤，那家旅馆似已门可罗雀。前些日子我又去住宿，事先拍了电报。抵达后，发现壁龛里已经摆上了一瓶插花。并非随手胡乱插放，而是在考究的广口金属花器里按照天、地、人的位置，十分仔细地布下花枝。我向女侍打听，才知主人修习过未生流①。据说这花由他亲手插设，倒也颇似茶余饭后一回不经意的消遣。这间乡野旅馆甚至对时代不慌不忙地背过身，没有其他修饰，仅此一抹端庄的花色，已传达出这里细致有礼的待客之道。至于桌子、衣架、椅子扶手、烟灰缸、火盆、砚盒等，也如旅馆里的其他器物，既古且旧，并非于坊间随手觅得，处处透着厚实与沉稳，大多是祖辈相传延用至今的，即便不符合当下审美，因着还能使用，便不会弃置一旁，这一点与近几年东京一带的料理屋很不相同，后者也爱摆些早年物事在店里，却是单纯为了炫耀器物本身的价值。反过来说，住宿这样的旅馆，当你外出时有客来访，它或许会忘记

---

① 未生流：日本花道的流派，由未生斋一甫（1761—1824年）创立。

转达；你托它办事，却发现烦琐又费时；清晨早早便来打开防雨窗等，总之它有办法让你遭遇各种不便，除非为了培养忍耐力，或是磨炼心性，否则绝对无法留宿于此。我在冬季向来不去这类旅馆投宿，因为虽然并不多么怕冷，但是假如抱着万事皆可忍的心态住下去，最后往往换来一场感冒。

住宿日式旅馆让我深感不悦的一件事是，女侍进出铺设有榻榻米的日式客房总不拉上格子门。这个现象与前文提及的列车过道里的车厢门类似，在一般家庭的日常生活中也屡见不鲜，是日本人的陋习。然而旅馆毕竟与家里不同，正因为互不相识的人比邻而居，女侍才更应对此多加注意。事实上，她们进到里间与客人说话，离开时很少能有意识地把走廊与客房之间的格子门拉严实。这一点暂不计较，更让人头疼的是，她们出去后总是敞着格子门。诚然，因为需要一次次把膳食、酒瓶等端进客房，这样做可以免去不断开关门的麻烦，可当她们去往厨房，返回房间前很长一段时间内也任外间的格子门大大敞开，这便实在有些过分。为给客人搬运行李与随身物品，她们初次进入客房就任格子门敞着，已属粗心之至，毕竟外人站在走廊里也能窥视一番。倘若是冬季，这样敞着格子门，室内寒冷，越发令人大动肝火。这些客房本就没有配备暖炉，很难提升温度，好不容易点上炭火或钻进被炉暖和起来，女侍进屋一趟，室温骤降，又冻得人瑟瑟发抖。此外，从走廊到外间，再进入客厅，会经过两扇格子门，但女侍们连一扇都不关。冬季住宿旅馆，十有八九会遭遇这些辛酸的问题，因此我始终想不明白，为什么旅馆方面不在平日对女侍们进行相关教育？还有一件事让我深感疑惑，当我向女侍们打听列车或汽船的班次、游览线路，以及当地其他具体情况时，没有一个人能清楚明确地给予答复。向她们打听任何事情，得到的答案永远只有一句："我不太清楚，这就帮您问一问领班。"当然，比起胡乱指点一番，询问清楚再来回复是最好不过的，可我问的也不是什么复杂问题，不过是从这里出发到某地路程多远，驱车前往需要多久，车费几何等，只要在当地长大、小学毕业的人似乎都能回答出来。当她们照顾客人用餐时，因为没有别的话题可聊，我便会打听上述问题，仍旧没有一人能够流利顺畅地回答，总是一面模棱两可地咕哝着"不清楚呢"，一面低下头傻笑。这种情况下，反倒是向澡堂里的伙计打听还会有所获。女子本来便对地理历史不感兴趣，哪怕是自己出生成长的土地，她们也不大熟悉，如果不特意教授当地乡土知识，根本没有人愿意主动去了解。还有一个原因是，旅馆的女侍少有当地人，多是在外谋生的流浪者。无论如何，在教育广为普及的今日，连这样简单的疑问也无从回答，本身已属不妥。希望旅馆主人或领班务必注意，及时进行当地乡土常识的传授，不只需要言语方面的讲述，有时间还应组织远足会等活动，首先让女侍们参观附近的古迹名所，这样做既带有慰劳性质，也算施行实地教育。既然隶属服务行业，那么做好这些准备工作，不是理所应当的吗？

据西式酒店的经营者说，西洋人对酒店的任何细微过失都不会默然处之，有一点不合心意便立即出言训斥。日本人与之相反，大体采取容忍态度，所以反倒更难应对。要让旅行尽量舒适——让客人有宾至如归的安适感觉，如果说这是现代化的思维模式，那么旅馆方面则更应用心改善基础设施以迎合客人需求。当然，踏上旅途不代表一味寻求安逸，我始终觉得，我们不应抛弃"让爱子外出旅行历练"的传统理念，要借旅行之机，矫正偏好美食、喜睡懒觉、不爱运动等各种毛病，至少在旅途中倡导节俭，培养吃苦耐劳的习惯。在工作领域，对我来说寻求心情的转换、环境的变化，让自己摆脱束缚，从日常生活的锁链中割离出来是很有必要的，本着这个目的，外出旅行时，我常在途中改换衣着姓名，搭乘列车三等车厢或是汽船三等舱，并且住宿廉价旅馆。事实上，如果是去乡野，如我一般从事写作之人，很有可能被视为当地的宣传道具，或者被新闻记者与文学青年满怀好奇地追逐。因此倘若不在衣着、姓名、交通等方面多加留心，就无法实现孤独的旅行。再者，隐姓埋名、带着全然不同的自己去广阔的世间开拓眼界与心境，仅是如此，已足够勾起我的兴致。原本我性格便很腼腆，一旦被人知道是小说家继而尊为"老师"，以先生之礼相待，我便十分难为情，紧张得浑身不自在。如果以化名外出，无论去往何处都能与人自由交谈，遇见意想不到的旅伴。就此意义而言，我喜欢搭乘客船三等舱。此外，我至今没有尝试漂洋过海的长途旅行，体验如何尚未可知，若是搭船前往纪州和濑户内海旅行，乘坐一等舱，上船当日便得向船长、事务长打招呼，并且和同室的旅客交换名片，一连串客套寒暄下来，只剩厌倦。如果混在三等舱的大客房里，由于乘客很多，即便躺下无所事事，也没有人会在意，十分舒缓放松。这时候，我乐意倾听左右两旁的乡下老人闲话家常，耳旁飘过休假省亲途中年轻女侍的琐碎闲谈，心情不错时，我甚至会主动同他们攀谈。大阪和阪神电铁沿线有许多来自四国地方的女侍，如果搭乘开往别府的车船，坐进三等车厢或船舱，往往会遇上这样一群姑娘。仔细想想，有时尝试此类"三等旅行"，窥探世间万象，不仅对小说家，便是对政治家、实业家、宗教家来说，也是很有必要的吧。